西塞山前白鹭飞

张建智 著

山西出版传媒集团 北岳文艺出版社
·太原·

图书在版编目(CIP)数据

西塞山前白鹭飞 / 张建智著. 一太原：北岳文艺出版社，2022.9

ISBN 978-7-5378-6631-6

Ⅰ.①西… Ⅱ.①张… Ⅲ.①随笔—作品集—中国—当代 Ⅳ.①I267.1

中国版本图书馆CIP数据核字(2022)第171304号

西塞山前白鹭飞

张建智 著

//

出品人
郭文礼

选题策划
韩玉峰

责任编辑
韩玉峰

书籍设计
张永文

印装监制
郭 勇

出版发行：山西出版传媒集团·北岳文艺出版社

地址：山西省太原市并州南路57号

邮编：030012

电话：0351-5628696(发行部) 0351-5628688(总编室)

传真：0351-5628680

印刷装订：山西人民印刷有限责任公司

开本：787 mm × 1092mm 1/32

字数：200千字 印张：8.5

版次：2022年9月第1版

印次：2022年9月山西第1次印刷

书号：ISBN 978-7-5378-6631-6
定价：58.00元

序

张建智兄的新书《西塞山前白鹭飞》付梓前命我作序，作为订交二十多年的友人我自不敢推托。翻检目录，有些文章以前报上浏览过，本想再拣几篇未看过的读一下，以便序文中增加些内容。岂料看了就不能自已，连看过的也全部又看了一遍，至此已不担心没有话写。

我一直认为，一本书、一篇文章要吸引读者，题目很重要。因为除了那些全国全球性的名人、名作者、名学者外，除非是出于研究、学习或特殊目的非看不可者以外，读者当然会根据书名或文章的题目决定是否有兴趣看，是否值得看，而不是只看作者是谁。

当我还是小学生时，从初中的文学课本上读到张志和的《渔歌子》，记住了“西塞山前白鹭飞”的名句。但直到成人后才知道，西塞山就在我的出生地浙江湖州，却从来没有机会一睹它的真容。这个书名自然会吸引我迫不及待地打开书，并直接找到这篇文章，看能否满足我的需求。

文章的题目也是如此。收入本书的文章，从题目看到的名字，就有巴金、茅盾、殷夫、阿英、莫言、章克标、木心、吴藕汀、庞元济、张葱玉、周有光、章开沅、沈家本、张静江、戴季陶、宋美龄；古人则有颜真卿、叶梦得、董说；外国人则有瑞典王子罗伯特·章、荷兰使者韩克思。题目中还记有“王老”，果然如我猜测的，就是文博大家王世襄。作者书写或回忆这些人物的文章，如何会不吸引读者呢？而有资格、有条件书写或回忆这些人物的，天下又能有几人？且此书中有一书话栏目，题目中出现的是“宋版书”，那就是最高等级的古籍版本，吸引力不言而喻。

第二个标准，自然是文章的内容。题目再吸引人，如果一读正文就空洞无物，不知所云；或者强作高明，故弄玄虚；或者佶屈聱牙，晦涩艰深；或者玩弄辞藻，堆砌铺张；要不是为了研究或批判，谁也不会乐意看下去。还有些作者倒是满腹经纶，或有讲不完的故事，可是写出来的内容却一再重复，或者就是一篇人物传记，也会使读者大失所望。而建智兄写人物，篇篇都有新的内容。凡他有亲身经历或直接交往的，必有细致精确的叙述，足以补其正传之缺漏。凡是根据史料、间接经历或本人资料写的，必有独特的视角或新的观点。建智兄从我与他的交往来看，除了他从事外事友协工作外，而淘书、读书、藏书以及写作，一直孜孜不倦，几十年如此。建智兄和各地的亦师亦友的文化交往，细水长流，也使他获得了广博的知识积累，故他写的人物，遍及各地，大多年长于我辈二三十岁甚至数十岁。这更是他以文为友，敏于观察，善于思考，勤于记录的结果。

书中有些人物，我结识交往的时间比他长得多，但看了他的文章，发现他了解的比我多，观察得比我深，获得的机会也较我多。有的人物，建智兄与他仅有一两次邂逅，但他所写内容，同样给我留下清晰的印象。我相信，对有些长期存在于公众之外、如今早已逝去的人物，建智兄的文章或许就是他们留给后人的唯一记载。

所以我对建智兄还有更大的期望，希望在《西塞山前白鹭飞》以外还能看到更多风景。

葛剑雄

2021年11月

目录

卷一　人物

卷二　书话

卷三　记忆

卷四　编辑小札

卷一　人物

遨游“鲭鱼世界”的董说

吴承恩的《西游记》可说是妇孺皆知，老少咸宜。20世纪七八十年代，那时可谓是“书荒”时代，简直无书可读，只能到连环画出租书摊上逛逛，看到一套曾流传很广的连环画《孙悟空三打白骨精》，那时，可以用少量的钱租书，捧一摞小人书，回家一翻，那有趣的图、书中对话，令人叫绝。

比如猪八戒骂孙悟空：“我老猪是天蓬元帅转世，你这泼猴是什么出身？石头缝里蹦出来的！”书中对话精彩纷呈：“妖精即使有问题，也是老革命遇到了新问题。”沙和尚则在一旁劝解说：“妖精的问题，咱们眼看眼闭，不要介入，还是由他们本单位解决。”……

举凡中国名著，往往有“续”“补”之类的书相继出现，也还有各类按时代之需，添加些反映当时社会众生相的文字。《红楼梦》自清乾隆五十六年（1791）刊行以来，近二百多年来，就有一大批续书，如有清代嫏嬛山樵的《补红楼梦》，清代兰皋主人的《绮楼重梦》，还有《红楼复梦》《红楼园梦》等等。当然，纵眼看外国同样有名著续书，也屡见不鲜，如《飘》的续集是《斯佳丽》，《傲慢与偏见》的续集是《彭伯里庄园》。总是五花八门，只是锦上添花者少，狗尾续貂者多。但也有精品，能与原著互为辉映，自成天地，像陈忱的《水浒后传》，董说的《西游补》，便是难得的佳作。曾担任过长兴县丞的吴承恩写了《西游记》，而就在离长兴近在咫尺的江南古镇南浔有个董说。他在明清之际的腥风血雨中，却续书成《西游补》，真可说是天地有缘。

董说（1620—1686），字若雨，号西庵，南浔人，世有“静啸斋主人”之称。他的家世很贵显，一门三代四进士，其曾祖董份（1510—1595）曾是明代官至工部尚书、吏部左侍郎和礼部尚书兼翰林学士。董氏家族在明代可谓“豪富冠东南”。

可到了父亲的一代，董氏家族在政治上已失势，穷困潦倒，他们一家更是“薄田沴水，仅收二十余，硬卖田供饔”了。父亲董斯张，虽是个贡生，但功名不遂，长期贫病交迫，于是心灵上靠佛家求解脱。耳濡目染，董说八岁便皈依佛教，随父习读梵文，通经史子集。十四岁时已聪慧过人，就补了弟子员。

二十岁上京应考，却名落孙山。这时的他，感到社会世事之多变与渺茫，感叹那现实社会之不平和黑暗。“落落诸子，有懿不录，无罪被放……”他深感朱姓王朝，也已走到末路。果然六年后的政治大变动，明亡。清军由华北席卷江南，从此，董说便绝意仕途。

“城头变幻大王旗”，作为守志抱节的他——一个誓不与新朝合作之明遗民，在这朝代更迭之际，他遂成了复社领袖张溥门下的反清义士。后又削发为僧，出家灵岩，法名南潜。政局的变动，仕途的绝意，生存的危机，反倒成就了董说写出了《西游补》这样的杰作。

这使我想起一首诗：“幻想必要有自由的戏弄／必要随其所欲地织成它的网／……忧愁与欢快，死与生命／……”而董说就在他愤世嫉俗，满怀块垒中，在奇妙无限的幻想中，编织了这么一部补《西游记》的奇书。

《西游补》封面

《西游补》仅十六回，写火焰山之后，孙悟空堕入梦幻，走入“鲭鱼世界”，被鲭鱼精所迷，渐入梦境先去古人世界，变成了虞姬，与绿珠、西施饮酒作诗，又与项羽谈天，并听项羽吹牛；后入未来世界，当阎罗，审秦桧，又拜岳飞为师；最后进了小月王宫，见唐僧当了大将军，要去打仗，就化名孙悟幻做了先锋，正与敌方将领大蜜王混战之际，忽听一声高呼：“悟空不悟空，悟幻不悟幻了！”回头一看，原来是虚空大佛在呼唤他，这才如梦方醒，眼前幻境皆无。孙悟空又回到唐僧身边，杀了妖精。

《西游补》全书扑朔迷离，一语双关，处处隐语暗算，有些情节用意识流手法，全像现代小说，想象新奇有趣，确使人想起加乐尔的《阿丽思漫游奇境记》来。若说《西游补》的主题，应是通过佛家情缘梦幻的思想以寓现世讽刺之义。这部奇书表面虽是部神话书，其实是一部人间书，并且是明末社会书，一如《金瓶梅》式的。作者是借孙悟空的形象和他被鲭鱼精所迷的幻想情节，批判了当时社会的腐败和轻浮的风气。

怪不得鲁迅先生用了最精辟的话评它：

> 惟其造事遣词，则丰赡多姿，恍惚善幻，奇突之处，时足惊人，间以俳谐，亦常俊绝，殊非同时作手所敢望也。

一部《西游补》见出了大手笔，虽薄薄一册，读来却生趣盎然。

作为江南名镇南浔人的董说，一生历尽兴亡，由入世而出世。他一生在明亡之中度过，他勤奋著述，人生的唯一乐趣是在破书堆中，营造一方清静空间。他一生写了百多种书，写了很多的诗，而传世并使他未被历史所湮没，且被大众所喜读，却只有这部21岁开始写的《西游补》小说。

董说死后，有人特意为他写下了《题董说画像》七绝诗一首：

> 风景河山劫后灰，小庵丰草破书堆。
> 只应净扫兴亡恨，安稳蒲团入定来。

我想，喜欢董说《西游补》这部书的买者，如有机会确值得把书找来一读。他的书魂似乎会漂泊在你的身边，读这样的书“时足惊人”，甚或还重温了那段离我们忽远而又忽近的明末兴亡的历史。

（于2006年1月读上海古籍出版社《西游补》后感）

记殷夫与《孩儿塔》

今日是3月2日，不知是一种什么“灵犀”的感觉，忽然想起正好是八十年前的那个日子，现代文学史的一件大事，中国左翼作家联盟在上海成立。八十年后，再回眸那个30年代风起云涌的时代，那些是是非非，恩恩怨怨，一切已成为过往的历史。

然而，在历史的脚步向前迈进之际，总留下些许使人不能忘怀的东西，而令我最不能释然忘怀的是左联中那些曾用鲜血和生命写下过许多壮烈诗篇的人。这些人中以二十二岁便献出了自己年轻生命的诗人殷夫，使我最难以忘怀。

殷夫是浙江象山县大徐村人，1909年端午节出生于一个中产家庭。父亲是个医生，但在殷夫念小学时便逝世了。但他有一个“异常慈善”的母亲，还有一位“因他进行革命，被大哥软禁期间，替他与外边联系，并支持他的‘好妹妹’”。当然，他还有与他志向迥异的三个哥哥，其中以“长兄为父”的大哥徐培根，曾做过蒋介石的航空署长和南京司令部的参谋处长，殷夫是在他大哥的照料下成长的。大哥想教育他成为一个有“爵禄”和“荣誉”的官僚阶层。然而，中国历史上的1924年至1927年，直至30年代，人民要求冲决一切束缚他们的罗网，朝着民主与解放的路上

《孩儿塔》图书封面

迅跑。当时中国大地上有无数个军阀，土豪劣绅，贪官污吏使社会陷入黑暗、贫困。时代政治的黑暗，使青年诗人的心灵历程迅速发生变化，这正如他自己在《〈孩儿塔〉上剥蚀的题记》中说的：

> 我的生命，和许多这时代中的智识者一样，是一个矛盾和交战的过程，啼，笑，悲，乐，兴奋，幻灭……一串正负的情感，划成我生命的曲线；这曲线在我诗歌中，显得十分明耀。

这便是诗人殷夫对于人生的伟大和对人生美丽的激烈追求。这追求抑或渴念，划成了他生命的曲线。这曲线是什么呢？是他对人生的矛盾和交战，是他正负情感的跳跃，是他选择怎么样的人生之路。于是在1928年他毅然离开同济大学，开始了他作为一个诗人的职业革命活动。这种职业的活动，使成年的殷夫在人民大众的底层找到了英勇精神和爱国思想的源泉。殷夫所以能放弃他的中产阶层的生活，能够毅然和他哥哥所希望的“荣誉”和“爵禄”诀别，因为作为一个诗人的他已敏感地懂得，只有和人民大众站在一边，和全民功勋的合流，个人的生命才能走向伟大和不朽。正是八十年后的今天，我们看左联作家的历程，才能明白这个意义。如果是一个真正人民的诗人，历史常常会向他们提出这些最困难和最伟大的任务。

这也是鲁迅说过的话："……在今天和明天之交发生，在诬蔑和压迫之中滋长……"殷夫在那样的时刻，写了诗集《孩儿塔》《伏尔加的黑浪》《一百〇七个》，还有译诗和小说随笔集《母亲》。现在我们看到的是这些诗稿和由鲁迅保存下来的《孩儿塔》手稿。在诗集中，他已经非常明确表白自己的立场和面向那黑暗的现实：

> 任暴风在四周怒吼，／任乌云累然地迭上，／不是苦难能作践我的灵魂，／也不是黑暴能冰冻我的沸心……／我要，冒雨冲风般继着生命。（《孤泪》）

一颗诗人反抗的种子在这些充满激情的诗句里，绽放出了闪亮的火光。

这时的殷夫那么年轻，正值"感性的根源倾向过去，理智的根源倾向未来"的时候（高尔基语）。随着殷夫参与人民大众实际斗争的体验，诗人在经过一段艰难崎岖的探索和跋涉后，那被压迫者的激愤，也同样在他的一篇充满国际主义的作品《赠朝鲜女郎》里迸发出来：

> 你请放高歌唱吧／你胸中不是有千缕怨丝／你的心不是在酸楚地跳抖／对着黄浦你该发泄你的悲嘶！……

/把你新生的火把燃起吧！/被压迫者永难休息！

殷夫，作为诗人，他敏锐地感受那个时代的一切，而作为一个知识分子，他表现了对黑暗政治和人民痛苦的无比同情。所以，鲁迅在为他的诗集《孩儿塔》作序时就指出殷夫诗的突出意义：

……这《孩儿塔》的出世并非要和现在一般的诗人争一日之长，是有别一种意义在。这是东方的微光，是林中的响箭，是冬末的萌芽，是进军的第一步，是对于前驱者的爱的大势，也是对于摧残者的憎的丰碑。一切所谓圆熟简练，静穆幽远之作，都无须来作比方，因为这诗属于别一世界。

鲁迅先生对年轻的诗人殷夫的这个评语是多么铿锵有力，是充满着深厚的关爱和呵护。鲁迅在《为了忘却的记念》一文中特地把殷夫翻译的裴多菲诗引入文中："生命诚宝贵，爱情价更高，若为自由故，二者皆可抛！"

1929年至1930年殷夫激情而勤奋地抒写了许多更加猛烈的战斗诗篇，如《血字》《一九二九年的五月一日》《我们的诗》《梦中的龙华》等诗作。尤其在那首脍炙人口的《别了，哥哥》，更叫人感动，读了使人回肠荡气：

你诚意的教导使我感激，/你牺牲的培植使我钦佩，

/但这不能留住我不向你告别……/真理和愤怒使他强硬，/他再不怕天帝的咆哮，/他要牺牲去他的生命，/更不要那纸糊的高帽！

写到这里，我的笔那么凝重、呆滞，殷夫这位革命、天才的诗人在最后的生命里还为我们留下了最后一首诗《梅儿的母亲》，但我不忍卒读，七十年前的左联诗人的灵魂，似乎离我们今天格外遥远，今天像他这般年龄的少男少女，如再读他的诗，兴许认为是走入了一个“天方夜谭”的世界。他四次被逮捕，两次由他做高官的哥哥保释。那时只要他稍稍低一下头，他便马上可出国“深造”；稍一转意，做高官的大哥便可携他去一个物质富裕的世界；稍一附和，他便可得高官和厚禄！而诗人殷夫却坚定地抛弃了这一切。

而当他临别这世界时，他还说：

别了，哥哥，你是你，我是我！/不要荣誉，不要功建，/只要向真理的王国敬礼。

殷夫终于自觉地走向了刽子手为他设计的方向：1931年2月7日深夜，一个年轻的诗人，与其他二十二个青年一起，被国民党反动派秘密枪杀于上海龙华！他为什么被杀？难道中国历史上的转型期必定要牺牲这些青年的精英？啊，殷夫的命运，是中国诗坛上一朵早殇的花朵，他那么匆匆走完了短促的一生，犹如漫长夜空中闪亮的星星，时空虽已过去了七十年，《孩儿塔》和他的诗心还在近百年后的长夜星空中闪烁！

今日，春雨绵绵，早春天气格外阴晦，悼念诗人殷夫不屈的英魂，我会痛哭，我将去他的墓地祭拜！因为时代需要这种品质，而他未唱完和还未唱过的歌，我们应该接着唱下去。

（《博览群书》2017年第2期）

不能忘却的诗人

——读朱渭深《期待》《秋花集》

一个偶然的机缘，我在旧书摊发现一本出版于1930年4月的诗集《期待》（上海开明书店版）。回家翻读，被诗集中那些明澈、空灵的诗美所深深吸引。作者是20世纪30年代曾活跃于诗坛的著名诗人——朱渭深。

翻开一部《现代文学史》，30年代是我们诗坛最活跃的时刻；一些著名诗人，如郭沫若、徐志摩、汪静之、戴望舒、闻一多、卞之琳、朱湘、臧克家等都用自己的气质与诗品讴歌出隽永美妙的诗韵。在人类发展的长河中，可谓星汉灿烂，七十年后的今天，我们重读抑或回顾那时代群星灿烂的诗歌创作，那些个诗星的每一次的闪烁，都会在诗国的天空中留下动人的一笔。

诗人朱渭深（1910—1987）以其诗的独特的表现和创作手法和上述一些重要诗人同时讴歌在那个风起云涌的时代里。我们继而追踪朱渭深在《期待》出版前他发表于上海《开明》《小说世界》《艺风》等杂志上的一些新诗，以及在《期待》出版后的数年里被收进新编文学读本的《现代创作新诗选》（上海中央书店印行）就是一个显明的例证。

这部《现代创作新诗选》再版于1936年9月，书分四辑：第一辑《雨过天晴》，收徐志摩《夜半松风》，朱湄深《瞑想》，卞之琳《小诗》，汪静之《心上的城》，杨骚《残夜曲》，胡适《秘魔崖月夜》，闻一多《死水》，朱湄深《寂静，我把我的思念毁灭》。第二辑《情爱》，收徐志摩《季候》，郭沫若《炉中煤》，周作人《高楼》，钟敬文《无题》，朱湄深《给》，赵景深《放翁的老年》。还有第三辑《自然》和第四辑《人生》，在此不作赘录。我想，当今的抑或还健在的读者兴许还能忆起那些诗人的诗句。然而，令我叹喟不已的是，这位当时年仅二十岁的天才诗人，却犹如诗坛夜空中的一颗流星，在那30年代前后最短暂时刻中散射了光辉，尔后便被漫长的岁月无谓地流逝而去，销声匿迹默默隐去，这难道真应验了他早在1932年时就写过的诗吗？

神灵的隐遁，长空陨灭了的星辰；
在心海的波澜上，闪过了倏忽的光痕；
辽远的天海无垠，倒映着夜色沉沉；
那骇异的灿烂，划破了寂寞的云层。

（《惊异的光痕》）

诗人朱湄深的人生命运随岁月向前迈进，他的那些具有诗人独立的人格特性就表现得越发明显。随着时代的变迁，他确在诗坛上被湮没了。但是，从20年代后期至抗日战争前夕这十年间，确是朱湄深诗歌和散文创作的主要时期，诗集《期待》和散文集

《秋花集》为其代表作。在诗集《期待》中，诗人一方面在幻构一个理想、美好、和谐、宁静的世界，另一方面，又深深地诅咒着那“化石一般的黑夜”，呼唤“猛击的暴雨和怒啸的狂风”，来毁灭“陈旧芜杂的罪恶的宇宙”。随着诗人富有诗意的幻想，同这种幻想截然不同的现实的冲突，他内心世界的美好和平衡也逐渐被打破。正当二十多岁的朱湄深在文艺之海酣游之时，日本帝国主义的全面侵华战争，彻底改变了他的人生之旅和创作轨迹。于是他写下了《我得仔细地思索一遭》的冷峻之诗：

你只诅咒你自己些微的苦痛，
人间遭刿心的残酷你竟懵懂。
这社会的赘疣哟你可知道，
杀气腾腾的魔鬼到处逍遥。
骚扰破坏我们的安宁与和平，
用它的铁蹄践踏我们的生命。
你只顾着自己可知危有覆巢，
覆巢下没有完卵你得记住！

那时的朱湄深已改变了原先喜写优美、清婉的抒情诗风格。1930年春，朱湄深于上海新月书店结识了比他大十三岁的徐志摩。尔后，徐志摩对《期待》诗集做了赞誉：“《期待》一集，诵读再三。尤其《寂静，我把我的思念毁灭》一诗最使我喜欢。可贵的是明澈如水的心境，流着这样和平恬淡的音响。尘俗间难得保留的性灵，这一回叫我给重新触摸到了。”朱湄深为文的清灵纯美，执着于情而不屑角逐世俗的志趣，在他诗化了的散文集《秋花集》（上海天马书店，1934年）中，可说有了更充分、更真切的体现。比如《夜钟》：“这声音是熟习的了，在它‘铛’的一声初起，颇有嘹亮的英俊气概；但那袅长的余音，绵延在寥廓的天空震颤的时候，却像一缕青烟，轻舒地摇摆着高入云霄、深入幽谷。我就更爱这余音！”

行文全无人工之痕，有的是清悠、隽远的韵味。读《秋花集》中的《祭礼》《我们的母亲》《伤痕》三篇，分别为他母亲、父亲、弟弟们作的伤悼之词，至情涌动，可与朱自清、俞平伯的散文媲美，应是现代散文中的珍品，在那动人的、从现实生活中精选出来的诸般感悟，底层百姓的困顿与悲哀、亲子之情等细微小事都洋溢着诗人朱湄深的诚挚、热情和悲凄，对风雨人间诸多的关爱。这时间他还编著了《中国文学史略》《中国文学杂论》及《中国诗学大纲》。无论从学养功底，语言美的纯朴，思想的深邃上，如在30年代文坛上做一排比，他应属有成就的佼佼者之一。

抗战后，朱湄深诗人除教书外，八年中大都随抗日部队投笔从戎。这一时期由于战争的流动，生活的困顿，他写了许多旧体诗，后结集为《纫秋兰室诗稿》，集名取自屈原《离骚》“纫秋兰以为佩”之意。那时他转战在苏浙皖边区。“志士图存须执兵，与君携手赴戎行。安危此日仔肩在，誓与中华共死生。”（《入伍日赠费君》）是他抗日热血情怀的真实写照。据说，抗战爆发时，他有亲戚在上海某银行主执，曾聘他去上海执掌金融，另亦可去沪驰骋文坛，但他执意要以一介书生，满腔赤子之心走上抗日前线。这也许便是中国诗人的历史传统，一如屈原的“乘骐骥以驰骋兮，来吾道夫先路”一脉承传。那时他的家是何样？因困苦三个子女夭折，还有四个子女均属孩童时代，妻子为度日把嫁妆变卖光了，尤在他被日寇所俘的时日更日夜煎熬着讨人的心。读他的《春日寄内》：“几番征战作飘萍，检点家书涕欲零。客舍又逢箫鼓节，归程犹阻短长亭。家无长物亲多病，里有凶年汝独经。苦莫登楼凭远望，陌头杨柳正青青。”这正是诗人内心的写照。

抗战的结束，熬过了战后的苦难，终于解放了，作为诗人朱渭深欢呼新生。可他万万没有想到，在他刚过上“劫后凭临可附鹤，樽前谈笑好盟鸥”的美好时日，在诗人的头顶重又阴云笼罩，1951年10月以反革命罪的冤案被判十年徒刑。直到党的十一届三中全会后的1984年才平反，重新执教。平反后仅活了三年，这位天才诗人终悄然离开了他曾热诚讴歌的世界。

时间又流过了十五年，人们才纪念起他来，把他用娟秀而清雅的书法写成的《纫秋兰室诗稿》装订成册，我们重新又可以读到诗集《期待》，散文集《秋花集》的复印本。我还要把这些稿本和这篇小文一起寄往《文汇读书周报》让诸编辑分享这份文化珍品，以尽一份对先人的文化爱心，而且，我相信朱渭深诗人的诗句，那些散文的语言，在七十年后的今天，或在今后那漫长的岁月里将会一直活在我们的意识中，让人永远记住，不致忘却。

（于2010年诗人百年诞辰）

一个百岁老人的征婚

——记章克标先生二三事

几年前就想写一点“章克标”的文字，但那时正是“百岁老人征婚”热的高潮期，中央台、浙江台以及各报刊媒体为此炒得沸沸扬扬，各类记者，带着各种不同的观点来评说章克标这位世纪老人，而他也带着20世纪这百年之中自己所历经坎坷磨难后的超然姿态，无不处处发出调侃。老人的幽默和世人的哄炒真令人啼笑皆非。几年来，在收到嘉兴秀州书局简讯或读到章克标写的文章，在那字里行间总袅袅飘起了这位百岁老人的身影。这位已经是一百零二岁的老人，突然随他年轻的新婚夫人林青，千里迢迢奔赴湖北保康这么个荒芜的山坳里去生活，有时真为他有点儿忧虑。

章克标自己曾对我说，他十九岁去日本，在日本留学六年，他虽是学数学的，但和郭沫若、郁达夫、林语堂、夏衍等中国文坛一些高手在日本交往甚密，还精通日、德、英、法等国文字。他自1925年回国至1957年，有三十二年之久基本上是在上海这个十里洋场上做自由撰稿人、出版家和编辑。

那年，我和我的朋友专程去拜访他时，他正在为深圳一家出

作者在海宁章克标家对谈

版社写自传体随笔《世纪挥手》。当我通过一间小小的厨房，再走进章克标乱糟糟的书房兼卧室时，迎来的却并非是我们想象中的大作家和中外文化沟通的穿着西装革履的人，他却是一个微矮稍胖，平头白发中有少量黑发，说着海宁土话，皮肉白嫩，近似乡下的土老人。但是能有机会与一个见过鲁迅，而后和鲁迅发生过误会，日后又没有机会向鲁迅当面解释的老人见面，且能无拘束地和他促膝长谈，应该算是一件有幸的事。

谈话自然要说到鲁迅与他的关系。我们和他谈到了鲁迅在《准风月谈》上那篇《登龙术拾遗》的文章，那文章是专讲了章克标先生的，那已是七十年以前的事了。而今七十年以后，我们不好意思地又问他："今日，许多书上都说鲁迅骂过你，是有这回事吗？……"毕竟人已过百岁，没有了一点火气，他十分坦然并笑滋滋地用嘉兴加海宁土话回答我们："说到鲁迅骂过我，他是冲着我的《文坛登龙术》一书而来的，其实他骂的是我的朋友——邵洵美。邵是‘唯美派’诗人，那时我喜欢和‘唯美派’这些人聚在一起，我和邵洵美一起编过《人言》周刊。我把鲁迅用日文写的登在日本《改造》杂志上的《谈监狱》一节译了过来，刊在1934年3月的《人言》杂志上。可邵洵美又在我的这篇译文后加了一段不恰当的‘注’。（‘注’中认为鲁迅之文‘强词夺理’，意气多于议论，捏造多于事实）鲁迅阅后以为这段‘注’是我写的。便骂我是‘邵家的帮闲专家’。后来鲁迅又写信给郑振铎说我‘为人恶劣’。又过了一年，鲁迅死了，真所谓死无对证，这件事在文坛上已经讲也讲不清了，我还能向谁去讲清呢？……”

还好，虽然这段30年代的文坛公案使章克标先生非常不愉快，“文革”中也加重了他的罪孽，但他还是不无幽默地向我们谈起许多文坛逸事。“你见过鲁迅先生吗？”他仍笑滋滋地回答说：“我和鲁迅见过两次面。一次是在内山书店，碰巧碰到，因我见过他的照片，认了出来，可他未注意到我。另一次是曾为鲁迅画过像的陶元庆先生领我去的，一进鲁迅家，正巧他家里有客人，经陶介绍了一下，大家点了点头，可鲁迅他抽不出身来和我谈话，仍和原来在他家里的客人谈话，所以这次也没有很好谈什么事。”

章克标在和我们的谈话中时有对“唯美派”文学的赞美，但对在当时的状况下一味倾向“唯美”也有些自愧。老人心中不会忘记，中国当时的30年代正处于苦难深重的民族矛盾时期，日寇的屠刀已沾满了国人的鲜血，而唯美派诗人们的自作多情实在是和时代格格不入，这哪有不令鲁迅先生愤慨呢？当然，从现代文学史上看，唯美派是一个文学流派，“文革”中那顶“邵家帮闲专家”的帽子，使章克标在海宁乡下几丧老命，吃足苦头。章克标在30年代若没有鲁迅的那篇借题发挥的《登龙术拾遗》，他在文坛上也许就默默无闻，但由于和30年代有名的唯美派诗人邵洵美联系起来，鲁迅骂邵洵美的同时章也被骂了，如果那讥刺鲁迅的“注”确不是章克标所写，那实在使这位老人代人受过了七八十年，岂不冤哉枉哉。从我们的谈话中，这位百岁老人确已把逝去的岁月看成过眼烟云，但他还总认为鲁迅对人太苛刻了些，但他总认为对自己在日后那些不堪话说的遭遇，确实与早已死去的鲁迅本人是毫无关系的。

快近2000年的岁末，已是庚辰农历小雪季节了，忽听嘉兴范笑我说章先生和他新婚不久的五十多岁的东北女子刘桂馥（而章却给她另取名为“林青”，意为“拎得清”）即刻要离开家乡海宁峡石，去湖北保康一个山区农场，我们又光临他老的住所。虽已三四年未见面了，但他依然能喝善饮，步履轻捷，每天还能吃鸡腿喝牛奶，思维反应灵敏，充满机智幽默，这从我和他的谈话便可略知：

我问：“记得几年前我们来看你，你身体不错，隔了三四年你已经百岁多了，如今看你身体却越来越好了。”

他却笑对我说：“我想建议你把这‘好’字改成‘年轻’。因为，我身子是越来越年轻了。”

“这样说，章先生是逢到了生命的春天了。”我对他说道。

他道出了新意：“我的生命是从百岁不老开始转向青春的。”

真说得我无话可说。于是我略带调侃地对这位老人不敬起来："那么你真像你的学生金庸写的武侠小说中的'老顽童了'!"

你看他怎么回答我的调侃，他却对我说："我活着，还比较不够顽!"真是使我哭笑不得。

我索性用"文革"语言对他说："如果你还那么顽固不化，我们应该打倒你吗?"

章克标的回答更幽默，且带有挑战性："应该被打倒，但怕打不倒，不是吗?因为，我早已倒在地上了!"

说这句话的时候，他的新婚女子林青正好走过来靠在他的藤椅旁，我指着林女士说："章先生，现在你身边还有美丽的林姑娘了，你已经不肯随便倒下了吧!"

他的回答却又是另一番情景了，他老说："不是吗，她现在也倒下来了!"这句回话，我真莫名其妙，所指是他和她结婚后被人说闲话说得要倒下了呢，还是说嫁鸡随鸡，他是倒下的人，那么妇随夫唱也应该一同倒下吗?这就不得而知了。

我随即转到生命问题上来，我问他："一个人活了一百多年，一个多世纪了，什么都经历过了，这样的生命是长了呢，还是'人生苦短'了呢?"

他的回答似乎也很得体和辩证："不长呵，可也不短了，这样的生命倒合乎孔夫子的'中庸之道'呢?"

我有些奇怪，他的回话，牵涉20世纪中国知识分子要做什么。是要立功，还是立德，抑或是立言呢?从章克标先生对生命只要合乎孔夫子的"中庸之道"便算不错了，寿命也长了，抑或是

“中庸”和“乐天”使这位知识分子活过了一个多世纪。

后来我们的谈话牵扯到生活的美满和爱情，也许和百岁老人说“爱情”有些滑稽，但他是一个文学家，一定还有爱情留存心灵深处，我问他道：“你最近喜结良缘，你是30年代文学家，而且是倾向于‘唯美派’文学的，你如今的生活有爱情吗？生活美满吗？”

他毫不思考便回答了爱情与生活的关系，他说：“我现在没有爱情，但不爱情也要生活，生活也可以不要爱情，而只要人情……”

人间温暖是真情，章克标先生已垂垂老也，如今他生活要靠林青来喂养他，他也只能一反其传统，只能“妇唱夫随”了，不日他便要离开乡土，去一个他陌生的山坳农场里生活。

可当我写这篇文时，他已从遥远处来信，山坳里空气清新，上午看看书，下午搓麻将，不管别人怎么看，怎么说，我生我在。我想，这兴许便是一个30年代老作家，在他活过了一个世纪之后唯一能选择的生活吧。

（于2002年3月）

《红楼》抄罢雨丝丝

——怀念冯其庸先生

2017年刚过去三月，正是春光明媚、景物芬芳时光，我家窗口门前的各类花朵，均相绽放，一派湖光山色，令人应接不暇，犹李白所云“燕草如碧丝，秦桑低绿枝”之万象。但一想到去年惠泽于我的几位前辈先后作古，似乎那春的东风拂不去我的一腔愁绪。虽我先后撰写了纪念他们的文字，如周有光、陆谷孙、褚钰泉等。

近又有冯其庸先生，离我们而去，令我欲哭不尽，痛而忘饥。

一

1月22日，农历腊月二十五，著名文化学者、红学家冯其庸先生以九十四岁高龄离世。虽说前在和冯夫人夏老师通话时，告知“老先生近来身体不好！”但这不幸的消息真传来了，还禁不住地哀痛。

记得先生九十岁高龄时，虽患足病但思路清晰，读书写作不辍。我时在电话中向他问好或谈些红学以及他近期的病痛、理疗、养生等。冯先生一生重视《红楼梦》研究，卓有成就。特别是他在红学上对版本鉴别，红学脂评的研究，是那一代红学上最具成就的学者。特别是对红楼梦思想的研究，体现出了他一丝不苟的学人风格。当1966年，在中国人民大学任教的冯其庸先生成为首批被批斗对象，他收藏的影印本《庚辰本石头记》被抄走时，冯先生担心“浩劫”中这个珍贵抄本将临灰飞烟灭，他决定照原样再抄一部。在当时的境况下，这是相当大胆而又危险的决断。

当时，只有晚上允许冯先生回家。每天深夜，他按照原著的格式，逐字逐句严格抄写。从1967年12月开始，到1968年6月抄毕，整整抄了七个月。这对他是漫长的岁月。为防再次被抄家，冯先生还将自己的抄本，转给他信得过的朋友保管。可想而知，于当年之情景下，这要付出多少沉重的辛苦！在那样一种险恶的境遇之中，为传承优秀的文化遗产，置个人安危于不顾，在深夜秉烛疾书，完成一部洋洋八十万字的抄本，这在《红楼梦》研究史上，是绝无仅有的事。

冯先生不仅是一位卓越的红学研究大家，在书法绘画创作上也有相当精深的造诣。他认为书法要从学问中来、诗境中来。我们若从冯先生的这部《石头记》抄本的书法风格，可看到前晋唐书风，又具古吴文徵明风格，流畅的行书小楷。其绘画，书法宗二王，画宗青藤白石。所作书画，为国内外所推重，被誉为真正的文人画。近十多年，冯先生又重于潜心研究中国大西部的历史文化艺术，著有考证丝绸之路和玄奘取经之路的大型摄影图册《瀚海劫尘》，获得学术界的高度评价。

二

记得那年，我去北京，正是草长莺飞的三月，但北方冷空气时有袭来，总感春风刺骨的寒冷。一天，凌晨四点多去潘家园淘书，然后，去通州张家湾冯其庸先生家。车到张家湾的街口，远远望去，西边还有几缕炊烟，身后那山影，越来越淡。淘书连早饭也顾不上吃，买几个馒头匆匆带进冯家。轻轻敲门，出来领路的是一位女士。穿过狗吠不断的那条园子，觉得这里的布局，仿佛是《红楼梦》里境物的象征，兴许这便是冯先生花了不少心血搬到张家湾的意蕴。

走进“瓜饭楼”，他们夫妇刚起来煮茶，看我们这副样子，夫人夏老师一边泡茶一边拿出可口的点心。围坐小屋，一边品茗，一边就谈开了红楼梦的话题。我向冯先生讨教了范锴（1764—1845）的生平事迹，谈及范声山于嘉庆年间刻印的一部红学著作《痴人说梦》。冯先生虽耄耋之年，但记忆力极好，说此书国图有藏，可帮我找，使我喜出望外。这是我乡前辈的红学著作，多年夙愿，很想一读。说到范锴，他是清代藏书家、文学家。原名范音，字声山，号白舫，别号苕溪渔隐、苕溪渔叟。浙江乌程（今吴兴）南浔镇人，贡生，有俊才，工诗词，好游历。性淡泊孤傲，却无意仕途，往来于淮扬楚蜀之间达三十年之久。曾旅汉经营盐业多年，写下《汉口丛谈》史事笔记。刊刻了许多地方文献，如《苕溪渔隐诗稿》《浔溪纪事诗》等。总辑称之为《范白舫所刊书》。

我与冯先生闲谈中，他忽然说起有一件多年的藏品，是俞平伯先生手书的扇面墨宝。扇面上，俞平伯用楷书写下了一首七言古风《明定陵行》。此时斜坐在我旁的冯先生，正喝着茶慢悠悠告我一个秘密。他说：“唉，这墨宝非我所有，原是刘海粟生前所藏，后他儿子在上海开画展时，把这件藏品相赠予我！”冯先生的珍藏，原是从上海刘先生那里流出。缘于冯是国内知名红学家，收藏同是红学家俞平伯的东西，也是情理中事。“此件藏品在我处已久，我总想把它传至值得收藏之处。”冯先生又说，“俞平老这件墨宝，写得精妙，诗意深深，理应让它展示于世人！”

我见冯先生沉思着。就在这瞬间，我忽想到俞曲园、俞平伯的故里，是在浙江德清，而历史上第一个研究《红楼梦》的戚蓼生，也是德清人。俞平伯墨宝，如能放到德清，应属完璧。

说起戚蓼生（1730—1792），于此附带一笔。他于乾隆三十四年（1769）中进士，后在京刑部任职，仕途很顺，官至福建按察使。他曾购得曹雪芹八十回本的《石头记》抄本，赞叹不已，为此写了一篇序。戚蓼生和曹雪芹可算同时代人，这序重要且写得好。俞平伯曾说：“戚蓼生序……向来不大受人称引，却在过去谈论《红楼梦》的文章中，实写得很好。”戚蓼生为人洒脱、好诙谐，平时起居，不修边幅，但有理政才能，是官宦中的名士派头。蓼对《石头记》的写作艺术，推崇备至。他认为书虽只八十回，不宜再写续书。还说：“《红楼梦》是没有写完，但想续写，定是很蠢的事。”而后，《红楼梦》刻印，由戚蓼生写序的《红楼梦》遂称戚本，它和程伟元的程本《红楼梦》，均属红学研究的两个重要版本。

“俞平老的墨宝，存放浙江德清，不知冯先生以为然否？”我对冯先生直说，“那里的博物馆，有专门陈列俞平伯先生的一些遗物，也有几件墨宝珍藏。”冯先生对我的提议，很是喜欢，分手时对我说：“容我身体好些，慢慢寻找出来！”

我把此事转告德清的领导。德清领导很重视，为此事亲自走访冯先生家。俞平伯墨宝，几经转折，终由冯先生交给德清馆藏。冯先生这件多年珍藏，终亦回归了有红学渊源的德清。同时，冯先生雅兴不减，还特在俞书的扇面上，再用朱色楷书，写了如下的话：“此俞平老手泽，由上海刘海老后人转赠，今即归之俞老纪念馆，得其所也。冯其庸记。”字迹清雅、劲秀。那“得其所也”四字，一派舍得和温情在焉。

世上事毕竟有缘，如今，让后人能永远欣赏到这精美的扇面，算是德清乡人之幸，也是大众之幸事。此可谓是一代红学大家，期盼地方发展红学研究的心声。足见冯其庸先生之大气。

三

再一说俞老手泽。因限于扇面空间，俞老手诗非全璧（见俞平伯《明定陵行》手迹）。俞老整首《明定陵行》尚有最后十句未能写毕，故现把俞平老扇面手迹抄下，以让读者赏读研究，并可对照其墨宝遗物观摩。

《明定陵行》：

大峪山前野殿荒，秋风飒然秋草长。悬梯斗下八十尺，眼中兀突金刚墙。

无端瑶阙埋黄埃，券拱三层迤逗开。只道千秋巩金石，那知弹指轻尘炱。

宫车晏晚定陵路，世态云衣几朝莫。王侯万骑送北邙，难救君家一抔土。

赢得飞龙玉座寒，强携金碗出人寰。昭阳无福眠云母，犹戴珑玲九凤冠。

役民地下兴华屋，不意儿孙亡国速。金高未餍狂夫心，巢倾忍听千家哭。

远从涨海浮明珠，时向深山仆大木。妖书梃击尽奇谈，专宠争储皆乱局。

青史何曾判是非，牛山何必泪沾衣。南屯不落新欢

俞平伯《明定陵行》手迹与冯其庸朱色楷书题词

笑，废垄残丘对夕晖。

漠漠土花翠钿路，沉沉烟烬鱼灯路，银泉山鬼悲狐兔，谁续梅村更赋诗。

（注：俞老扇面手迹，只写至“时向深山仆大木”处）

今读俞老之诗，看似明白，但意蕴深邃，情中有景，景外含情，读之不尽。如作白话翻译，诗意丢失。俞老作文写诗（包括“五四”后的白话诗）一向有行云流水，冠裳佩玉之风。而此诗，既写了明朝事，又蕴藉当世事。全诗怨而不怒，有余情，有余蕴；正是俞老“古雅蕴藉”之诗（梁遇春语）。

为深读俞老此诗，我特地请教黄裳、邵燕祥两先生，同请教研俞专家孙玉蓉女史。他们均谈了自己的看法。现顺录以下：“俞老《明定陵行》，所用皆明十三陵故事，以及晚明宫中三案故实，无何秘典。不劳笺记也。”（黄裳，2009年3月20日信）据邵燕祥先生回忆，他说：“俞平伯此诗所作应在1960年代参观时后感，因当时北京明定陵，刚对外开放可让人参观，其是十三陵最大的三座陵园之一。”孙玉蓉先生在给我的信上，也谈了对诗的看法。她说：“冯其庸先生为了丰富俞平老纪念馆的收藏，能够把俞平老的真迹，割爱转赠给纪念馆，这种高风亮节值得颂扬。对于俞平老的作品，少一点解释无妨，可以让读者自己去理解，见仁见智。俞平老的学问功底深厚，我们如果解释不准确，反而会找麻烦。”（孙玉蓉，2009年7月20日信）

我读俞老之诗，无论古诗，还是新诗《西还》《冬夜》《忆》，深感耐读、回味不尽，别有一番幽默淡泊、蕴藉深邃、返璞归真之境界。我很想有专家学者再解读《明定陵行》诗，俞老究于何种心情，写下此诗；且有一奇望，俞老手书旧作时间，是1980年，是为“心正”同志所嘱而书，心正先生还在世吗？后何如又传入了刘海粟先生处。

但转念一想，也属多余。我们与其费力猜谜而不能圆通，或说不能取得对俞诗完美解读，“就不如用这可贵的时间和精力干些别的。还可说得堂皇一些，那是孔老夫子推重的，‘不知为不知，是知也’。”（张中行《锦瑟无端》）

于是，我仿佛又回到了当年的古槐书屋，又回到了俞老当年在这里写诗的情景：“密重重的帘幕，尽低着头呆呆地想！”

四

冯其庸先生一生为人宽厚，爱憎分明，富有激情。他以“宽堂”为号，表达这种人格上的追求。对任何人总伸出手帮助，这是别的学人所难于做到之事。大到对他的前辈，中到对他的同学及同一代人，小到对一件小事，对一个普通平民草根文化人，总无微不至。这分两方面佐证即可，一是已有文字（即他的文章）记录的，一是未记入文字的。后者之范围更广。对他的同学同事，曾经历过坎坷人生者，他总主动去看望他们（不管路途遥远否）。他不惜卖掉自己的书画，去帮助那些学红研红的协会。

我切身体会的除上述这些外，俞平伯故乡——德清县创办

《问红》杂志，他即伸出援手。当时我提出俞平伯家乡应办一大众化的红学刊物，我将此刊名定为《问红》请他指正。冯先生认为此题甚好，包含了多种意义，当即为此刊题词。我们即按他意出创刊号。我们每一期出刊时，他总精心指导，稍有不足，就来电指正。可以说，如若没有他的帮助，此刊绝不可能成为今日红学界喜读之物。如今粉丝遍天下。这是冯先生扶持下成长的一个红学果实。

于此，仅举两例。一是于2016年《问红》春季卷，冯先生《瓜饭楼丛稿》总序中，有“己卯本是怡亲王府抄本的发现”，在一段文字上，出现错位、文字脱落。冯先生于病中，即来电于我及时指出。这确体现出冯先生对学问认真的精神。我们愧对他之为学之道。这事令我们无地自容。

1967年后，冯先生手抄《红楼梦》。一年后某雨夜，当他抄完最末章节：白茫茫一片大地，贾宝玉身着大红斗篷向贾政下拜，一僧一道将他带走，口中念道：“我所居兮，青埂之峰。我所游兮，鸿蒙太空。谁与我游兮，吾谁与从。渺渺茫茫兮，归彼大荒。……”搁下笔，他即赋诗：“《红楼》抄罢雨丝丝，正是春归花落时。千古文章多血泪，伤心最此断肠辞。”我读此诗，真有鲁迅当年那种“新诗改罢自长吟”之感。

想不到的是，冯先生在他大病中，突然于2016年6月20日，又亲手用毛笔重抄了1968年6月23日凌晨抄毕的庚辰本《石头记》，那首他终身难以忘怀的诗：“《红楼》抄罢雨丝丝……”

我想，这也许就是冯先生于生命时光中亲手抄录的最后一首诗了。这之后仅只半年时间先生就离世了。对那段最不平凡的抄红生活，冯先生曾经说：“我对这部抄本《红楼梦》真爱到如同自己的生命一样。”这确道出了冯其庸先生的整个红学观：

> 曹雪芹的家庭和他亲戚家庭的遭遇是书中隐蔽的内容。整部《红楼梦》八十回，有很多写欢乐的场面，但是一种悲凉的调子一直没有变。

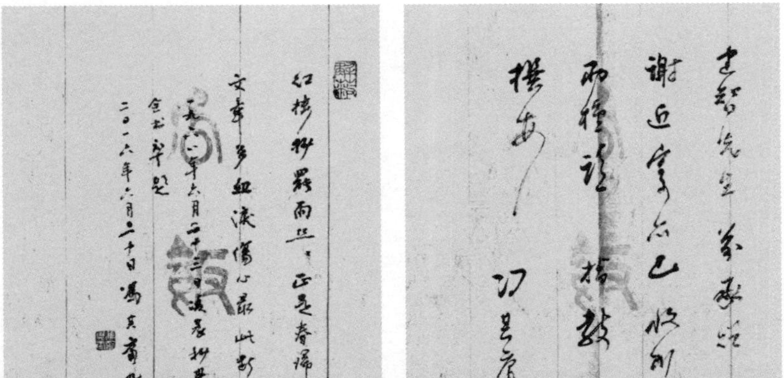

冯其庸晚年手迹

当今红学大家冯其庸先生已离开了我们，上了《红楼梦》的天堂。最好的悼念和哀思，我想，应是细细读他如同自己生命一般的《红楼梦》，以及他那首在不平常的年代，于夜深雨中抄毕《石头记》后书写下如生命一样的诗。

（《书城》2017 年第 6 期）

我读虞琰

这是一本小书，初春的江南还很冷，在一盏小台灯下我翻读此书。首先令我惊诧的是，八十年前的那本书，能保存那么完好，那真是历经劫波书犹存。

作者名叫虞琰，当然她还有其他的字或号。她是虞洽卿之孙女。写此诗集《湖风》时，只是一个十九岁的少女，如今已近九十岁，不知尚在人间否。如在，也是老态龙钟了。

但叶灵凤的封面设计，令我折服。一个妙龄的女郎，似乎在闭目沉思，倚在美丽的西子湖畔，在瞧着什么呢？令人遐想。在她那背影后，有绿色的湖水在荡漾，这位女郎被阵阵湖风吹拂着。如此的封面，不知当年作为创造社文学团体的小伙计叶灵凤，是什么神灵使他有了这幅画面的灵感。

当我翻开小书，马上跳入眼帘的是作者的序诗：

疲倦的灵魂啊！／如果尘世的炫熳，／掩不住你的残骸；／听！来听这少女的琴音……／听！来听这芳洁的心簌，／瞧那光艳的波幻。

《湖风》共收了作者的三十八首诗，看其诗题，便可知其内容大略：《春夜泛西湖》《病中》《夜的呻吟》《我愿化作轻烟》《暴风雨中的小鸟》《城市中的一个歌者》《人生的悲歌》……全是少女虞琰自己亲身经历过的人生旅途之事。那充满着少女的纯真与对生活经历的忧郁的深思，这是这本诗集的特色。

作者写这本书时，还在上海爱国女校求学，但“一花一草，触动了她的情绪，便在数分钟间就有几章完美的诗出于她手腕下……”（见一之为她写的序，1929年11月9日在上海）有着丰实感性的特色，诗，便有人喜读。七十年后的今日还有其价值。

虞琰在《后面要说的几句话》中透露了她的心扉：

> 这本书开始写的时候，是在初春的西子湖边。西湖现在为一般人加以妄意雕琢，私心的侮辱，而至损害了她的天真，但她那不变的温和的湖风，吹动了我枯涩的心波，我倾泻了我的热泪，迸出我的诗句。

我想，正是西湖不变而永恒的大自然的慈爱，使这位少女把心中的一切吐露无遗，无论是心中的快乐，还是痛楚的颓丧。也确唯有慈爱的西湖才能怜恕与抚爱着她那颗纯洁的灵魂，使她在中国那1929年动荡的社会生活中，喷发出一首首诗韵。

但我更爱读《一只破船》这首诗。试想，谁没有乘过船。从古至今几千年，中国有数亿万计的人，居住在河流纵横的土地上，河畔的生活，便和唯一的交通工具——船有着很深的纠葛情绪；船，还象征着千年来悠长岁月的历史。虞女士用纤细的感觉向我们娓娓道来：

> 一阵狂暴的雷雨倾泻后／驶来一只刚经补就的破船／那里有新的船主与水手／四周只有盘旋上下的海鸥／哀叫着恐怖的将临／船上的旅客都昏沉地入了梦／他们想安乐便在这黑暗中／船主大意地陷入于酒色／为了那刚修好的船的稳固／水手们也都赌博作乐／风是阵阵的吹／云是片片的堆／谁会见着渺小的灯塔在远处！
>
> （《一只破船》）

一个还在爱国女校求学的女学生，能写出“生的忧患”的诗，能期盼“渺小的灯塔在远处”。1929年后，那是个大革命的时代，在泱泱大国的土地上，我想，她肯定在做着向往光明的梦，这不就是叶圣陶先生曾说过的，对诗人的要求吗？“诗人这个名目，和农人工人有别，不配成立而指示一种特异的人。”是的，诗人，不是特异的人，只是一片像芦苇这么轻的人。这句话我很表同感，不过可能是一片有思想的芦苇。

《湖风》的作者虞琰女士，便是在这儿生活的一片苦闷的芦苇。但就在一偶然的机会里，向我们呈献了她心灵里的一种特异的东西。

在30年代，苦闷中的虞琰，她是上海权势显赫一时的虞洽卿的孙女，生活起居肯定富裕华贵。在那优裕的环境下，她却能写下许多忧郁的人生，并富有哲理。《无名之花》《酒后》《墓前》《追寻》等，都抒写了她所思的那些诗主题：

当烈士们的尸骸已腐化／四周是那样的死寂

（《无名之花》）

我何尝醉了啊／心境更清明／痛苦却更深……

（《酒后》）

在墓前啊！／想起艳丽的花朵总得凋谢／飘渺，飘渺，／我只能伸出双手／把那冰冷的墓门／轻敲！

（《墓前》）

追寻啊！／奋勇地执起明炬，／奔向那幽暗的森林／回忆不可捉摸的前尘啊！／失去了光明的苦闷！

（《追寻》）

读虞琰十九岁写的这本并且是她唯一出版的诗集，在她少女的幻想中，对于崇高永恒的企求，是和她的人生曲折的经历定然是分不开的。她对人世社会，以及对人生执着追求的理想，始终和她内心的渴望、萧瑟的忧郁融汇成了一体。这便是她浪漫主义和朦胧诗韵的象征。她把主观上的需要，真实地流露给了读者。

读罢这本久已绝版的小书，“湖风”似在阵阵拂扬，那诗韵，频频地吹进我的心灵，似激起了我无限的历史遐思。九十年前的那些人那些事，那些充满激荡的、说不清道不明的理想，那些多么美妙的期盼，那些心地善良的希望……如果，这本小书，还能重版，那也定然能扇拂起现代人被市场经济弄得疲倦不堪的几多心灵，做一些早已过眼烟云的反思。兴许还会让今天的少男少女泛溢出许多扯不断的涟漪。

九十余年历史，毕竟已过去，我想，这20世纪经历了那么多的劫难，当年叶灵凤设计象征的银发女郎——虞琰，恐已不在人间。

我忽发奇想，终于找出了1932年《诗刊》第4期《志摩纪念号》上她写的《悼志摩诗人》的那首诗，抄录以下：

原野布满的狂风
狂风吹起了灰尘
痛快的飞腾，喊叫与奔跑
是这一个走掉了的诗人！
关外布满了马蹄
马蹄踏断了草颈
这时应当有千百万首诗
我们在需要这一个诗人。

如果，我们的今天，仍拿这首现存的诗来作为纪念或悼念这么一位女诗人的话，我想，不会过时，也不过分！

（2016年5月写于苕溪听雨斋）

诗人木心

中国现代诗歌，百年间一直在徘徊中。我想，走过了域里域外的诗人木心，是感觉到了这诗歌的荣衰与变迁。这从他的《诗经演》《西班牙三棵树》《我纷纷的情欲》《巴珑》和《伪所罗门书——不期然而然的个人成长史》等几部诗集中可窥一斑。

木心的诗，具备了“世界性”与“现代性”的观念；木心的诗，开阔了人类的终极关爱，以及对生命个性之尊重，对多元价值之宽容，对地球上共同价值观的表达等，凡此，在空间与时间两个维度上做了无量的拓展。

读木心之诗，意象扑面而来，文字淡然溢出。他不忘从历史传统、民间文学，吸取不绝之活力。木心曾说：“三百篇中的男和女，我个个都爱，该我回去，他和她向我走来就不可爱了。”

可如今，这样的诗人，离我们远去。当我得知这个噩耗，真有点不太相信：“难道人间真留不住一个诗人？”难道真如诗人所说：“别的树上有鸟巢／黄丝带，断线风筝／我／没有。”（《旷野一棵树》）他，一个孤独者，一个精神世界的漂泊者，难道只随风而去？

木心，本名孙璞，号牧心。1927年生于乌镇，早年入由刘海粟创办的上海美术专科学校，后转投艺术理念与之更契合的林风眠门下，入杭州国立艺专，继续学习中西绘画理论。“文革”期间，无端被捕入狱，囚禁十八个月，作品皆被烧毁。1982年，木心移居纽约。从此，兴趣渐转向写作，以艺术创作理念的笔触，写着散文、诗歌、小说。作品弥漫着西方浪漫主义和中国的古典韵致。

木心在乌镇

木心的作品，我读后，总感觉意象无限。其风格十分轻盈、玲珑、随意；笔尖随思维宛然流转，感觉总有一幅幅的画面，在眼前流动，拂之不去。有时，仿佛走在巴黎的苍穹下，却怀着一本古老的《诗经》；有时，仿佛竹林七贤，流连于山水之中；也似在锦瑟上，传出莫扎特的一曲音乐，充满矛盾、挣扎和奋斗。欧风美雨，汉唐明月，韶乐楚曲，竟水乳一般交融。

诚如孙郁所评：“读木心，就是湍流的冲洗，那些僵死的湖泊是不能懂得奔淌者的快慰的。”的确，许多人读不懂他，乃因他不媚俗不媚雅，不赶浪不赶潮，径自走着一条自己的精神升华之路。

木心散文和诗歌，追捧者多，小说反被冷落，但我喜欢他的精致巧意却不乏哲思的短篇小说，惜只有《温莎墓园日记》一册小集，不过十几篇。有些是微型小说，写着月淡如水的故事，没有冲突，没有煽情，充溢着一湾泓水，淡定如神，却写出了一个灵动的世界，读来令人感叹、唏嘘。

我想，也许只有如木心这般经历了风雨人生，徜徉于中外艺术之上，却依然葆有一颗浪漫、温润的心，才能用透彻而节制的笔调，写出人生的无奈、情愫、重聚，以及那别离与生死！更吊诡的是，他的小说能将“君言不得意，归卧南山陲”那种诗中意境，化为了生与死的界限，充满了神秘和对人生之无奈。

迄今，广西师大已出版木心著作二十多种，包括《木心画集》。2006年1月，推出《哥伦比亚的倒影》，附一册《关于木心》的白皮书，刊登了对他作品的讨论。这书，现还插架在我电脑旁的书架上。随手抽出此书，有一段陈丹青在发布会上的话：“我写书，我出书，就是妄想建立一点点可疑的知名度，借此勾引大家有朝一日来读木心先生的书。”这是其对亦师亦友的一片至情。他称木心是“完整衔接古典汉语传统与‘五四’传统的文学作者”，“即便是周氏兄弟所建构的文学领域和写作境界，也被木心先生大幅度超越”，还说：“他的文字有一种真正的母语的力量，非常精致，非常典雅，而且非常具有表现力。”

回想2006年，《哥伦比亚的倒影》出版之际，读者对他还是一无所知，但这本看似完全不起眼的小书，掀起了木心热，一时洛阳纸贵。木心的其他著作纷纷问世，如《鱼丽之宴》《西班牙三棵树》《琼美卡随想录》《温莎墓园日记》《素履之往》《我纷纷的情欲》《即兴判断》《云雀叫了一整天》《伪所罗门书——不期然而然的个人成长史》《巴珑》《诗经演》等，每本都吸引了大批拥趸。

木心由陈丹青从纽约接回乌镇定居，是2006年“9·11”以后的事。我因读了他的书，很想面对面聆听其教，还想和这位不赶热闹、寂寞的诗人做心灵上的沟通与交流。于是，通过桐乡熟人，去拜访了他。那是在木心先生定居乌镇的第二年。

2007年春节后的一个晴朗的下午，我们至乌镇。木心先生住在镇上一家名为“通安客栈”二楼的一个套间。先生很客气，其投足举止，总透出儒雅且有一股欧化的味道，向你迎面袭来。见面即告诉我们，他暂借住旅店，自己的住房，当地政府正在装修布置中。当我问他从美国现代大都市纽约突返回这寂寞的水乡小镇，能住得惯吗？他却说：“这里很清静，我在国外已二十多年，多么需要这样的地方来安享晚年！”我从木心的眼神中，依稀看到“少小离家老大回”的那种感觉。

那日，一缕阳光从旧窗棂上映入他坐的靠椅上。我们的谈话无拘无束，先生谈兴也浓。也许，那时接触他的人还少，不像日后，若去拜访木心就难了：要“从一扇边门进去，穿过走廊，从后门进厅堂”；层层叠叠，就算进了他书房，还有男佣会对你说“不能拍照”等诸多规矩，无形中让他更隔绝于世。那日，我们可以海阔天空地谈，谈他写的书，谈他的书画、闲章，谈他在美国的生活等等。在我眼中，木心先生，也是一位书蠹，对书特别敏感。文友绍平先生，跟他聊及自己的一方“谁非过客，书是主人”闲章时，木心马上建议他，应刻一枚椭圆形的闲章，内容叫“书长寿”！足见他多么地爱书。

我们带了一些木心出版的书，请他题签，他一口答应。当我们谈及他的一本书特别令我们喜欢时，他即刻高兴地附上一句：“不急，等一下我送你们每人一本！”这使我们感到不好意思。我知道像他这样的作者，出版后的存书，不会太多，且索要签赠者不少。我发现，木心先生少有客套寒暄。平时闲暇时，他点上一支烟，总与来访者多交谈文学艺术，不像有些作家，总要自我高论一番，然后签名赠书了事。

一个下午，谈兴正浓，时间却过得特快，不知不觉已经是下午六点多了。对于一个水乡小镇，已很晚了，于是，我们请他一起共进晚餐，他不推让。当他要下楼时，他不忘要我们每人的名字，以便给我们签书留念。

那晚，木心先生吃得不多，一瓶绍兴六年的黄酒，他几乎没喝，大多以茶代酒。餐桌上的木心，着一身笔挺西服，温文尔雅。当我们请教如何保健（那时他已七十八岁，仍清瘦矍铄）时，他说：“吃饭六分饱。”人们常说是“七分饱”，而木心比常人还少一分，这也许就是他养生的秘诀。席间，我们问及“9·11”发生时，先生身临其境有何感觉。谈及此事，他兴致很高。他说，当时他正在家中看电视，起先还以为是好莱坞的特技表演呢！而过了二十多天，他正要举办个人画展。是否如期举办？当时，他还真进行了一番思想斗争。最后，木心决定如期进行。

他说，这最后一次于国外开的画展，计有三十三幅画展出。结果轰动全美，各大媒体一片叫好。说起这件事，他也特高兴。

木心笑盈盈地对我们说：“根据一般心理学，最悲伤的人，一般经过二十天，也会初步恢复常态的。”

木心的话，说明他不是一般意义上的诗人或艺术家，是一个心理学家、一个非常有决断的勇敢的人。可以设想，发生震惊世界的“9·11”恐怖事件后，在美国特别是居住纽约的人，将会是怎样一种心态。正是在这么一种心态支配下，他毅然做出了如期进行画展的决定。

几个小时的相谈，让我感受到，一个游子从国外回归故乡怀抱的兴奋，感受到了一个诗人对未来生活美好的期盼。

短暂的晚饭结束后，我们与他握别。当走上旧式的楼梯，转折进去时，他还不停地向我们挥手。而后，我们拿到了他上楼后用水笔签赠的一册册书。派人送来时，一个细节让人难忘：一袋书的上面，用一根红绳扎好。这无疑是诗人抑或老派文人的礼节！

这，不禁自然想起，木心昏迷前，曾与陈谈到“没有纲领无法生活”的那句话。这，是一个诗人的理念。孔子云“不学诗无以言”，那是古老的也是现代的“诗言志”的观念与价值取向，作为诗人的木心是始终遵循的；也是他“不仅衔接古今”“也浑然地衔接了中外文化之内涵”的纲领与本质，如若弃了这些，一如像木心的人，是无法生活的。

啊，诗人终走了，“行人匆匆，全不知路上发生的悲欢离合”。我未能赶上他的追悼会、追思会，我只是常常拿出他的书来重读。我想，对这样的诗人、艺术家，一份最好的纪念，是重温：“一个漂泊者的精神世界里，一颗透出书香而执着的灵魂。”

木心说：“天堂无趣，有趣的是人间，唯有平常的事物才有深意。”（《除此》）如今，作为诗人的木心，已驾鹤西行，他在高高的天国上，看那“哥伦比亚的倒影”！

（于2012年）

画马的沈老

沈老走了，他以九十三高寿驾鹤西行。曾记得有一世界电影名流逝世前说“我将入仙国里的影视界去了”！我想，2008年11月7日，沈老走完了他平凡而又不乏精彩的一生，肯定也带着他的《九骏图》并骑着一匹健壮的军马，奔驰去了另一个与众不同的艺术世界。

一提到沈彬如的名字，人们即刻会想到他笔下一匹匹的骏马。而中国画阵营中，提到画马的，很自然就会想到徐悲鸿大师。但若以笔下之数量论计，那徐就没有沈老画得多了。再说，若以画马的姿态来说，徐悲鸿的画，是吸取了西洋油画之风格而成，而沈之画马，是吸取了吴门画派的传承而来。两者之间，徐是带点儿刚性，而沈笔下之马，似有柔中带刚之感。沈老画过数以万计的马，这是工艺美术制作所需，也是迫于工艺厂的任务，非他兴之所至的山水、花鸟的性灵之作，但正如俗说“熟读唐诗三百首，不会作诗也会吟”。而沈老对于画马，可谓熟能生巧，往往一挥而就。

沈先生为人厚道、热心，凡有求者必应，于是慕名者纷至沓来。数千万匹马，从他画笔中奔来，于是，名气也随之越来越大。1981年，沈彬如创作的《九骏图》献给了边防部队的全体战士，以激励战士们保卫边疆的斗志，其原作被中国军事博物馆收藏。想不到此图即由解放军总政印发给了全军的指战员。由此，沈老真是殊荣飞扬，他的画名在全国、全军打响。而后，他被民政部、总政治部、南京军区、江苏省政府授予“拥军模范”的光荣称号。当然，许多光荣称号也随之而来。向他求画者更多，他简直无法招架。好在他对画马之艺，已妙笔生花，挥之即来。于是，凡好友、老乡、军旅中人，凡登门而来，他索性当场开毫，立地画来，你报名他画，在他家小桌上，他用那长长短短的锋颖勾之、拨之、点之、描之，其马之形态与神态毕具。他的画笔，犹如遮眼法似的，你站在他身前身后，你还没来得及瞧上几眼，还没有想清“就这么画了”的一瞬间，所求的墨宝就完成了。几匹马画完，跃在纸上，他停笔，歇歇气，喝一口茶稍做休息。斯时，和你笑容满面、和颜悦色地谈天说地，显得文质彬彬。那午后一缕温馨的阳光透射在他的书案上，他画笔下的马也有了活泼的生气。

初识彬如先生，记忆中约有一二十年了，那是一个江南四月莺飞草长的好时光。自己随几位爱书画的老领导走进他家。古道热肠的沈老那时也近耄耋之年了，见有乡亲来，他格外亲切、热络，端水沏茶，谈这谈那、杂七杂八地聊个没完。虽苏湖之间近在咫尺，但他时念家乡，总像一位栖身姑苏之飘零客，萦绕于他心间的，是一番无尽乡愁。每逢乡友来，总想借此一消愁，也时有“江汉思归客，片云天共远，古来存老马”之感。

那日，他见我们四人像一个小组，其中还有一位南下老干部，仰慕他的画许久。于是他索性拿出一张纸叫我们各人写下大名，还对我们说："你要几匹？""要几尺的？"而轮到我时，我正在犹豫，他却笑吟吟地问我："家有几口子？"我说："三口之家。"他立即就对我说："那我就给你画三匹吧，其中一匹小马！"那天他真来劲了，脱了外套，就铺纸、打墨、润毫，当场作画。而我们只是在他家的一个小院子里喝茶。他家的小院子，有水池有葱绿的几枝小树，各类盆景，还记得院子里养有鸟儿，在啁鸣。不多时，沈老就邀我们进屋，只见地上已摊上一张张的画，然后，按图索骥，他再为每一个人题识、落款、钤印……

岁月无情，人事有代谢。沈老已仙逝半月，终去了另一个他国之乡。伤悼之中，我无不沉浸于往事的回忆中。一二十年前，那情那景，他的音容笑貌，宛在眼前。今晚，当我在电脑上赶写此文，夜深人静之际，不禁又抬头仰视沈老为我画的那三匹马，在一盏灯下，仔细瞧着沈老那笔墨酣畅、潇洒飘逸的法书以及那柔美有刚之画面。如今，我又联想到吴门画派从沈周、文徵明、唐寅、仇英等大家，其风流余脉延续至今。沈老应是陆恢之再传弟子。那一代代吴门画派传人，重又鲜活起来，人与画，一个个，一张张，像电影似的映射我的脑海……而同时我又仿佛看到沈老，那矍铄的身影，以及他奖掖青年画家的微笑；耳边又响起了那天我们在他家院子里，他的乡音和朗朗的笑声。就在此刻，使我突兀地又从心底对他升起绵绵无限的乡情和敬意。

（2009年5月）

老人见闻中的宋美龄

当全国政协唁电哀悼宋美龄在美国逝世之际，我们就约请了素以关心海峡两岸的九旬老人凌以安先生，让他老谈谈世人所关心的宋美龄女士。

那日，走进一座老年公寓，快接近中午了，相迎我们的是凌老和他的夫人范老师。范老师也是九旬老人了。二老之寿龄相加已达一百八十多岁了。套间加上一个卫生间，稍挤了些，但因朝南，正有一抹斜阳透过那一株梧桐绿叶，射进我们和凌老相谈的小小客厅，显得很温馨。九十二岁的凌老，还是耳聪目明，这样，我们之间的谈话丝毫没有障碍。凌老年轻时担任过一个县的参议长，这样的人多少对宋美龄有一些见闻，特别是凌老抗战时，曾在西天目国共两党合作的省教育厅任督导。

凌老笑容可掬地向我们打开了话匣子，慢悠悠地对我们说起宋美龄的一些历史逸事："国民党当时的一些元老都来过天目山以及莫干山，比如蒋介石、胡汉民、戴季陶等等。有人说宋美龄随蒋介石到过莫干山来看过蒋的结拜兄弟黄郛。也有人说她从未来过。这有待历史传记去写了，当然传记也带有个人色彩，不一定全准确。但有点意思的是，宋美龄和浙江这两处江南之地，是有着不一般的千丝万缕的关系的，这也许是她与江南人文历史的一种缘。”

看着他一边替我们泡茶，一边叙述着历史往事，我们真不好意思。“比如蒋和陈洁如的婚姻，是张静江一手帮助而成的；而当宋美龄在1927年与蒋要成婚时，又是张静江帮助了宋美龄，使陈洁如登报与蒋离了婚。之后，也正靠了张静江的两个女儿，护送陈洁如去美国，然后宋美龄才能与蒋完婚……”

凌老回忆，那时自己是十六岁的小年轻。宋美龄是三十岁时和蒋结婚的。老人不无幽默地说：“我是活了两个世纪，而宋美龄却活了三个世纪，好不简单。她不愧为在悠悠的历史长河中扮演了多姿多彩角色。”

我们知道凌老与已逝的陈立夫先生有着长期的乡谊，所以当我们问及陈立夫先生与宋美龄之关系时，凌老又向我们谈了一件有关宋美龄鲜为人知的事。他说：“据我知道当年李登辉要见宋美龄，还是陈立夫介绍的。当陈立夫第一次带李去登宋美龄家时，李向宋美龄正正规规地行了一个九十度的鞠躬，但后来陈立夫很后悔带他去见宋美龄，因为李搞‘台独’不得人心。所以宋美龄在李登辉获任党主席掌握大权后，宋美龄就突然赴美长住，直至宋美龄在纽约去世。”

据我看到的一些史料，宋、李尽管政见不同，李登辉对宋美龄形式上仍予尊崇，两人维持基本的礼仪。比如说，有关资料中，1994年9月，宋美龄首次返台，李登辉曾与夫人曾文惠并率四位副主席接机，宋美龄返美时李登辉又以同样规格送机。1997年宋美龄百岁寿诞时，李登辉出席妇联会的贺寿茶会上，还曾称宋美龄是“具有上帝的形象，所作所为都在上帝的道路上”。

当然，这不是李的心里话，因为，宋美龄和李最终还是分道扬镳，各走各的路。

阳光已经深深地照进了凌老所住的老年公寓，公寓里的老人们已纷纷吃完了午饭。话题虽未完，我们只能告辞，但凌老不让，要我们在老年公寓与他们夫妇共进午餐，我们想听“老人眼中的宋美龄”，就只能在和凌老一起午饭时继续听了。

午餐时，凌老又谈了宋美龄1927年和已有了妻子的蒋介石在上海结婚的那段历史。他说：“当年我在上海，宋美龄当年的婚姻，也引起了不少争议，她的姊姊宋庆龄又是孙中山的夫人，所以三十岁的宋美龄，一时成了全国乃至世界的新闻人物。而后，抗战十四年的艰难岁月中，宋美龄到美国白宫做客，又在美国国会发表精彩的演说，备受推崇赢得无限掌声，那可以说是她一生中最辉煌的岁月。”

谈到这里，我不禁插了一点问话：“目前书界有一本《在宋美龄身边的日子》，其中讲到宋美龄早在1922年第一次在孙中山家见到蒋时，就钟情于他了，凌老你说是不是呢？”这时他想了一下，笑着说：“这也可能的，因为说句不中听的话，蒋可能长得比孙要英武一点吧。”1949年虽然蒋氏夫妇退守台湾，但宋还是坚持一个中国，不与“台独”有任何接触。1975年蒋介石去世后，她还是与当时搞“台独”的李登辉有分歧的。

午饭后，我们急送凌老上楼休息，可临走时他还告知我们说：“四年前，蒋纬国，还派长兴籍台商吴神农先生，想把戴季陶的墓移葬在戴山由他创办的‘二礼学校’附近，这大概也和宋美龄有些关系，因宋美龄与戴季陶往来最多，蒋纬国到了晚年，还想着这件事呢……”

在回家的路上，我靠着车窗，又想到宋美龄的一生。我想，在对于生命情调之抉择中，有人轰轰烈烈，有人平平凡凡，有人一生波澜起伏如大海，有人却一如涓涓细流，淡淡然而细细流淌而过，真有各种不同的人生命运。正如我近期读过的米兰·昆德拉的一部轰动世界的小说《不能承受的生命之轻》，小说正是反映了一个人生命轻重的哲学命题。我想，一如宋美龄度过的一百零六年的生命之涯，她也一定承受了她的生命之轻，同时也承受了她的生命之重。她的多姿多彩的一生，究竟承受了多少的生命之轻、生命之重呢？只有她个人最清楚了。

她虽拒绝了别人为她做口述传记，但我们可以想见宋美龄的一生肯定“在其整个的灿烂多姿中展现”。宋美龄在百岁后的生命，虽在世界喧哗的大都市度过，但她的心灵，早已归于平淡。

正如王维的诗：“晚年惟好静，万事不关心。”“松风吹解带，山月照弹琴。”我想，如从宋美龄晚年她所画的一幅幅画中，也足可看出她晚年的生活给世人描绘出了一种“斜晖脉脉水悠悠”的生命情调，那生命之轻以及那生命之重，那繁华过后终复归于生命的平淡。这便是一个九旬老人凌以安老先生见闻中的宋美龄的形象。

（于2007年9月）

记词人吴藕汀先生

正是秋高气爽的日子，忽传来吴老走了的消息，当时我正在外地参加一个学术会议，已无法赶回送行。噩耗传来时，虽不感到意外，因三天前在吴老弥留之际，我们前往嘉兴看望他，那时在病榻上，我看他眼神还清，话却不能讲了，但目光中充满着一种虚静、淡定。我和他握手后，他还用手示意嘱我们去客堂用茶……但此刻，“吴老走了”的话语从手机那头传来之时，我心中还是为之悲痛不已。

和吴老相识已有三十多年了，青少年时去他家，至今于我心里留下最深刻的印象是，有一次我与一个朋友到他家，他正在画一幅“冬”的画，我环望他家，四壁皆空，而吴老睡的床，连床架也没有，只是用四堆砖头搭起一个竹铺，上有一床破花絮的被子，旁边有一只小花猫正在打瞌睡。那时已值秋冬之际，瞧着挂在墙上的那幅正飘落着雪花的画面，连带起吴老的寒床、寒舍……似感觉他家就格外寒冷。

作为一代词人、文人书画大家的吴老，那时能给予他唯一温馨的却是那狸猫。他写的《猫债》一书中就说道：“……我在病榻上写《烟雨楼史话》时，狸猫天天偎依着我，使我败絮的被池里，增添了温和的暖气。所以我一见这本书，就好比看见我的狸猫。”可见那时的他，除了物质生活上处于极度的贫乏，而作为一个有思想的文化人在精神上也显得格外寂寞。由于贫病交迫，20世纪60年代初，他感情日笃的夫人仙逝，紧接着一个爱儿又相继离开了他，当时其处境和内心之悲伤是无法用言语来传达的。今天，我们从他留下众多的遗诗中，大多还能体味到一如杜甫“老去诗篇浑漫与，春来花鸟莫深愁”的那种虽处困境但对人生依然执着追求之精神。有人说吴先生一生“著书作画，怡情养性，享受清福”，殊不知这是一个知识者，在乾坤颠倒的年代无可奈何之举，也是最后的一种活法了。

“千家笑语漏迟迟，忧患渐从物外知。悄立市桥人不识，一星如月看多时。”在我的印象中，那种悄立市桥人不识的日子，吴老是常常遇到的，早司空见惯不足为奇了，而这忧患渐从物外知，倒是别人难于感受，而唯有他的内心能深深体悟。另外，我记得他写过一首词：“暗壁藏乌鼠，残书蠹白鱼。夜深无寐月儿孤。却忆花阴，描出捕蝉图。　埋骨红薇树，丧身绿蝶裾。楼头青草几番枯。对此愁宵，思念小狸奴。”我想，也许这般的意境，这样的苦中作乐，也只能是一个高度的精神升华的学者所能写出的。吴老便是，因只有像吴老这么达观的人，才足以自解，兴许还是一种自嘲吧！

吴老就曾自嘲：“我的一生十八个字：读书、填词、看戏、学画、玩印、吃酒、打牌、养猫、猜谜。前四项是主要生活，后五项是多头。我是专力则精，杂学则粗。”（《秀州书局简讯》）我

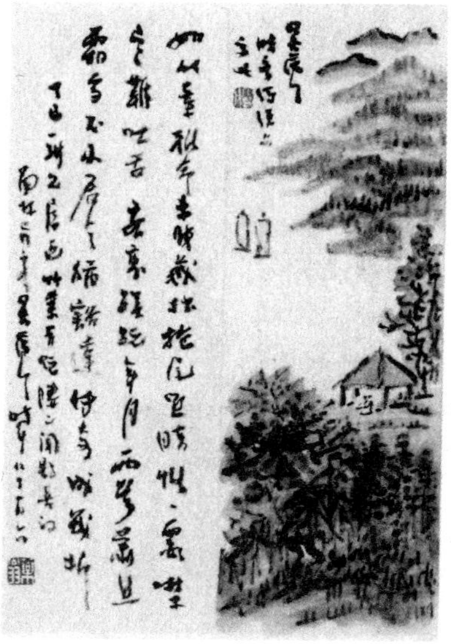

记词人吴藕汀先生

想，这就是吴先生一生最坦荡的生存方式，同时也是他最率真之天性。当然这样的生活，在他少年和青年时期，是一种快乐和自由的选择，然而，20世纪风雨如晦的日子并未给他多少个春秋丽日。大部分的大好光阴，吴老只能蜗居在陋室中无奈地度过。但我认为：读书、填词、画画、养猫，只是他淡化与消融自己寂寞与艰辛生活的方式，以使自己的灵魂不被世俗所同化，让思想被自由之想象所充实。其实也一如鲁迅所说的：“这样的自然状态，实在不易模仿……这是何等自然。”（《魏晋风度及文章与药及酒之关系》）

说真的，无论哪一年、哪一月、哪一日走进他家小院，就算只有几棵小树，两棵月季，破墙上一盆鸡冠花；再走进吴老的“画牛阁”书斋，扑面而来的是一排黄旧而零乱的书刊；不知怎的，总能使你立时产生“问君何能尔，心远地自偏”的那种感觉。当然像吴老那份自然、温馨、朴实，并非是那么容易做到的。特别近十年中，市场大潮在冲激着每一个人的灵魂，在一种急功近利、物质至上的生态环境下，一个身心疲惫、长期困苦并在寂寞与贫病交迫中度过的读书人，能几十年“不戚戚于贫贱，不汲汲于富贵”，复归本真、质朴自然地生活着，如没有一种传统文人之灵性、勇气，以及一如诗样的本质与独立之人格，确是难于想象的。

如今，一代词人吴老以九十三岁告别了人世，而人世的一切已不再打扰他了，他已驾鹤而去。对他来说，生与死之权利都已争到，而那部由上海书店出版社出版、有八十七万字的《词调名辞典》，在他仙逝的前一天已送到他手中。他用手轻抚着书，这是他一生最后的一个欣慰的纪念！

呵，一个特立独行的人走了，一个在词和文人画坛上，可谓绝笔的老人，可以说当今最后一个词人、最后一个中国的文人画家，终于离开了人世。于此，我们只能默默祈祷：愿吴老走好，愿他的灵魂安息！

（于2006年5月）

记瑞典王子罗伯特·章

“古老的东方有一条龙，它的名字叫中国。古老的东方有一群人，他们全都是龙的传人。”对于这首《龙的传人》的歌，以往仅认为是唱唱歌而已，而对它的内涵及与其休戚相关的历史，却知之甚少，乃个人缺少真切的体验。

当跨入新千年的第一天，在万鸣齐轰的爆竹声中的大年初一，我接受了一个令我高兴的任务，去接待和陪同由瑞典王子罗伯特·章介绍的使者，中国驻瑞典特命全权大使王桂生先生。

两辆黑色轿车在国际大酒店停稳时，我迅即迎上前去，王大使和他的夫人握着我的手，第一句话便是：“大年初一还要打扰你们，真不好意思！”我和接待处同事赶忙说：“那是应该的，应该的！新千年的龙年伊始，能接待靠近北极圈的瑞典大使——远方客人——无不令人高兴！”

王桂生大使夫妇均毕业于外交学院，有二十多年的外交生涯。先是担任中国驻挪威大使，后接替乔冠华儿子乔宗华任职驻瑞典大使。王大使看上去挺年轻（虽已五十多岁），高个子，很朴实，举止气度充溢着儒雅而沉稳。他说他从未到过湖州，是第一次。来湖的缘分是瑞典的王子罗伯特·章，他是中国湖州血统，王子的继父还健在，在瑞典，和大使官邸巧为邻居，他们往来时常谈起湖州。这次大使返京度假，王子及继父嘱他有机会代他们去湖州看看，并向湖州乡亲问好！

听了王大使的一番述说，使我想起1998年3月那个风光明媚的江南早春，远在北极圈的瑞典王子和夫人，不远万里，怀着一颗血浓于水的赤子之心，来中国湖州荻港寻根的情景。那天，水乡荻港正值春寒料峭的季节，天还下着毛毛雨，瑞典王子和夫人车到荻港镇，距王子章氏祖墓，车道未通，只能步行。当地农户为了实现王子多年夙愿——那一个远在北欧却日夜都在做着的“还乡梦”——就用稻草权作地毯铺成了一条曲径通幽的小路，让瑞典王子偕夫人去馨香泪洒祭先祖。让王子的先祖地下有知，含笑九泉。

我把1998年3月瑞典王子在荻港寻根的生动情景，简略向王大使讲述后，王大使无不感叹：“今天，说起我们中华民族的根，真可谓根深而叶茂，历久而弥坚啊！”他略一沉思对我说：“我家的寻根也难，我生在桂林，早年我就外出，我的妹妹王瑞芳（白虹，诗人，散文作家）生在广西南丹东晨，长于杭州，但我家的根却在北方，是纯正的北方血统。每个国家和民族都有自己的历史，在不同时期，对世界文明发展都做出过自己的贡献，但还没有一个民族像中华民族这样，文化昌明，源远流长，至今仍蕴含深远而又勃勃生机，如你们湖州荻港章氏家族就是瑞典王子罗伯特·章的生根地，它确是一个值得探索追索的群体！”

“走吧！”我和王大使侃聊一阵子后就对他说：“今天是大年初

一，我陪你去逛湖州市区的两个历史名胜，唐代的塔里塔——飞英塔，元代大画家赵孟頫的别业——莲花庄。明天再去荻港和南浔古镇。”他高兴异常，即答道：“行，抓紧时间去！年初三我就要返北京，我来到湖州，不虚此行！”

长久的寒冬，阴雨绵绵，可老天有眼，兴许也为瑞典大使的心诚而感动，大年初二竟开出了一片灿烂的春光。车沿着大运河驶去，春光在河波上跳动、闪烁。王大使特地关照，不惊动地方官，瞧一瞧荻港这片古老的土地，就驱车前往古镇南浔。大使能寻到或瞧到这一块风水宝地荻港，心中无限激动。因为他作为中国驻瑞典大使也终于完成了罗伯特·章和他继父的嘱托，虽然流连忘返。

历史上的荻港亦称荻溪，沿村溪河芦苇丛生，远眺无际而得名。荻港三面傍水，走出家门，便见一池池连锁着的鱼塘。“丛丛菱叶随波起，朵朵菱花背日开”便是它秀美景色的写照，而“深处种菱浅种稻，不深不浅种荷花”，蚕桑渔业，应是当地人以往的主要经济效益。你可别看它仅巴掌大小的地方，人口只有数千人，却有两大宗族名满天下，文化昌明，源远流长，有“九朱十三章”之说。据说朱便是宋朝朱熹的后代，而章氏宗族却在明清拔地崛起。这个章氏群体，其间，虽有披荆斩棘的困厄，有背井离乡，星云流散的时光，但章氏宗族，从一世至五世，牌位上也只出现过“题曰处士”，可能都是普普通通的农民或小手工业者。到了六世祖才算有了兄弟三人，自此人丁繁衍，到九世祖开始分成若干支脉。荻港地少人多，迫使他们出外谋生，尤以经商、游幕者居多，足迹遍及天涯海角。据《吴兴荻溪章氏家乘补编》（1944年版），到了章氏十二世祖“实庵公”始，已进入仕途，遂成为官僚世家。

我在往南浔途中的车上向王大使讲了这些瑞典王子先祖辈宗族历史逸事后，大使夫人惊诧不已。她是无锡人，知道民族资本家章荣初的历史，就急不可待地向我问话：“那么，瑞典王子是章氏宗族的第几代后裔呢?”

说真的，上下求索，寻根探源，确是一件非常复杂的事。我只能跟王大使夫人说：“章氏宗族，支脉繁多，但这个群体有一个特点，他们无论在国内各地，抑或在国外，居无分天南地北，人莫问姓氏爵里，却拥有并时时怀念起一个共同的祖根。”

那日中午我们在南浔一家养老公司匆匆用餐后，便前去参观小莲庄刘氏家庙，当我再度告知他一些鲜为人知的史料后，大使听得非常仔细，兴许他回瑞典后和王子交谈时有了翔实内容。我对他说：“荻港章氏的十二祖‘实庵公’就是和林则徐同代人，‘实庵公’，字节文，出任过山西代丹直隶知州，林则徐曾书赠过他条幅和对联；到了十三祖‘怡堂’，曾在江苏做过道台，后入左宗棠幕府。甲午战争后，转而投身实业。1896年在芜湖创办中国第一家机器面粉工厂，在历史上比南通张謇创办大生纱厂还早两年，他还在安徽当涂以新法开采铁矿业，并在上海设立宝兴铁矿公司（这便是今天宝钢的前身）。”

听到章氏先祖们辉煌璀璨历数百年而不衰的历史，王大使和夫人及随行人员无不欣喜。王大使频频说：“瑞典王子罗伯特·章

作者在瑞典罗伯特·章王子家的书房与王子合影

值得来寻根。根就是本，循本才能求末，本末同求，可谓至善。”我对他说：“我也许会写篇文章，来阐述瑞典人民和中国湖州人民的友好交往，而罗伯特·章王子便是我们友好沟通的一座桥梁！”

而后，在参观张石铭故居，在百间楼屋漫步时，王大使向我介绍了瑞典国现状。他说：“瑞典是一个福利型国家，也是一个花园型国家，在那里举目之处，森林环绕着湖泊，湖泊连着大海，大海映照蓝天，走进瑞典，人仿佛置身于完善的自然之中，一切那么恬淡，那么安宁。瑞典的爱立信移动电话，在中国有市场，医药工业，特别是治疗胃病的药洛赛克，在世界领先。在瑞典历史上，1928年是个转折点，它对外开放，讲社会民主，重视生态保护，它需要向外沟通交流。所以，才能让中国湖州血统的王子来你们荻港寻根呀！”

听了王大使一番介绍瑞典的话语，我虽和他第一次见面，但丝毫没有拘束感，能直话直说。那天下午，我将要和他分别，我送了他一些有关荻港章氏家族的资料，并对他说："在中国历史上，像湖州荻港章氏家族，确是值得探索的群体。如果让费孝通先生在六十年前碰上，他很可能会写下和他的《江村经济》那样的一部社会学研究的书，书名就叫《荻溪章氏研究》。因为，在中国历史上，从未有过一个小村镇，在二百年间竟出了五十多位进士，出一百多位太学生、贡生、举人。如寻其根源，其意义无比重大。荻溪章氏，历几百年不衰，虽中经曲折，而始终未尝断裂，最终还迎来了瑞典王子的回乡寻根，它在人类史、文化史上的稀有现象，其根安在？这里有太多的密码与信息期待后人去破译呢！"

王大使听了交口称赞，连忙接上说："荻港章氏，在天有灵，我今天来寻踪探源，目的是为了民族的根更加粗壮，而寻根是为了不断挺出新枝！"记得那天晚上在国际大酒店便宴时，王大使便拿了这句话一定要和我们干杯，可惜我不太会喝酒，不然的话，为了王大使这句把瑞典和湖州联结得犹如大地和繁茂根须关系般的美好祝词，我真应和他好好干上几杯。

最后我邀王大使去湖州开发区看看，洽谈一下瑞典的医药工业项目。时间真紧，夕阳快西下了，送他返杭时，我交给他一份我摘抄的《荻溪章氏诗存》（摘要本）。此诗稿出版于民国十七年（1928）三月，系章氏家族刊本，其历经劫难，今已成海内外孤籍。由清末章丽农编撰。我特地指着章氏一位后裔，请王大使仔细读着：

章无可，名祖申，光绪甲申（1884），进士，入翰林院编修，后出任瑞典兼挪威全权公使。著《萧心剑气楼诗文集》。

王大使阅后，禁不住笑口大开，对我说："这位章无可，也许便是现今瑞典王子罗伯特·章的直系先祖。"我赶忙对他说："这是个秘密，兴许你到瑞典后，还可向王子交差呢，但不能高兴得太早，章氏是几百年的大族，尚有待继续考证！"

难得的龙年，又是春节年头绽出了一片阳光，真好呀，"吹皱一池春水"。我们的车在交叉路口停下，我们下车，瑞典大使王桂生夫妇也急忙下车，我们互相紧紧握着双手道别，那刻，我想起了莎士比亚的一句诗："世界真是一座舞台！"不是吗？瑞典王子、瑞典大使和我们在进入21世纪超音速、电子网络时代的今天，哪怕天南地北，哪怕我们和瑞典隔着万水千山，不都在一座舞台上共依存吗？你我同饮一江水，血缘寻根，息息相关，怎么能不是休戚与共的乡亲呢？古语说"无巧不成书"，从这个意义上说，世界又是那么的小啊！

（于2001年3月）

湖笔与《辞海》

说起《辞海》，还真有一段缘的故事。记得我的《辞源》是有一位好心的朋友特地去邮购送我的，那是1983年的事。而《辞海》也是别人赠我的，而且是大杂文家、《辞海》编委曾彦修送我的，所以我更觉这部《辞海》的珍贵。当读者看到《湖笔与〈辞海〉》这个题目时，似乎这二者没有任何可联系之处。殊不知我书橱中放的1999年版的《辞海》之缘，却是与湖笔联系在一起的。

那是1999年10月，杭州正是天高气爽的好日子，全国首届报刊杂文编辑工作研讨会在杭州召开。北京的于光远、曾彦修、牧惠及上海的邓伟志等均在杭州的西子湖畔参加会议。这时我接到北京友人王春瑜来电，他电话中对我说，几位北京的老杂文家均想来湖州选一些毛笔，因湖州的百年老店“王一品”笔店是他们情有独钟的。他还告知了我的联系电话。

后来我接到了曾老从杭州打来的电话，他说由于时间匆匆，会后还要去绍兴参观，已来不及到湖州“王一品”笔店，会议结束就返回北京，于是他就托我选几支湖笔给他寄去。而后，我就按他的要求在“王一品”笔店选了几支羊毫与狼毫寄给了他。待他收到湖笔后，他即回信与我，可在信中他却提到刚重版的《辞海》，他说："不日你或可收到上海寄发之《辞海》三厚册，我除赠书外，另有一张优待券，打七折，我已寄钱去，该处将直寄尊处。"1999年经修订后的《辞海》当时非常旺销，我等了好多时日，未能收到。这期间曾老还打电话给我说："由于这新版的好销，出版社加印来不及，但不久你就能收到。"

果然不多时日，我就收到了由上海辞书出版社直寄我的三厚册新《辞海》。

这部1999年新版的《辞海》，我曾和1979年版和1989年版做了些简略比较，无论在内容与形式上都有面目一新之感，在条目、篇幅上均有大量增加与修订。但当我读到"荻"字的条目，发觉它除注明是一种植物名外，还有两条与湖州有关，一是荻塘，二是荻港。前者是一条大运河湖州与嘉兴、苏州、上海等地联结的水路交通航道，相传为西晋时的吴兴太守所修建；可后者"荻港"是个小镇名，这部《辞海》记录的镇名，是说在今安徽省繁昌县西北部，是1965年所设的一个镇，以江岸多芦荻而得名。《辞海》中的这一条注解不禁使我愕然。也许，编著者忽略了在湖州的大运河边有一个更早建成的古镇——荻港。这个镇在古代就以丛生芦荻而著名。这个"荻港"镇的人文历史源远流长、底蕴深厚，在历史上曾出了几十名进士、状元，近代还出了上海的民族资本家章荣初、历史人物章宗祥、金融家朱五楼、地质学家章鸿钊，当代的有著名历史学家、华中师大的老校长章开沅；那小村镇里，还走出了一位瑞典王子罗伯特·章。

我多么希望《辞海》今后修订时，能把这历史上有名的、在大运河边上的“荻港”收录进去。后来我在《新民晚报》写了一文，就是想纠正这个错误。很荣幸的是，湖南长沙的全国著名学者钟叔河先生竟然投我一票，他也写了一文，认为《辞海》上所记之荻港应是太湖之南靠大运河边的有名的村镇——荻港。

说起1999年版的《辞海》，也确与湖笔有缘，它使我读到了以往几版所未能有的新知，远在北京的曾老那一片赠书之情，也将永远使我铭记于心。同时，他对今日与以往之湖笔，特写了一封长信与我，为保存这位大杂文家的史料，现录之以下：

建智同志：

两日前寄上《炎黄春秋》一册，内有河南内乡县衙全图（全国已仅此一处旧县衙保存完好），进门左手即是监狱及狱神庙。我县大堂及大堂前素即开放（好像已废而不用），完全一样，县令面向之广场内也有一大石坊。一样刻“尔奉尔禄，民脂民膏，下民而虐，上天难欺”十六字，但小时未曾注意过是否有狱神庙。监狱门上则有大字，好像即“监狱”二字，铁门紧闭，中有一孔，比人头部略小，你这书最后采用这张插图，以作佐证。（注：曾老曾为拙著《中国的狱神庙》写了序，故提供此资料）

恕我直爽，所赐三种茶叶，似均不大理想。因此明春可勿麻烦你再寄了。南浔附近茶农处或可购得一点碧螺春，三级即很可以了。“文革”后，我在上海看见碧螺春似分为六级，一、二级几全是绒毛，即明前、雨前了。过精并不好，三级已极好了。目前市场茶农为求重量，二十多年前的一、二级市上恐已无货矣。能得二十多年前的三级即极好了。此种茶叶有二两足矣。不日你或可收到上海寄发之《辞海》三厚册，我除赠书外，另有一张优待券，打七折，已寄钱去，该处将直寄尊处。

此次赐小楷二支，一支极讲究的“狼毫书画小楷”，我颇存希望。但化开后，仍无用处，是等外废品，绝非狼毫，是羊毛染色。不但选毛不净，实际全毛均非做笔原料。二十年前，这种笔至多是粉刷油漆之料，恐也不大合格。一言以蔽之：废物（材料即是废料，根本不能用来做笔）。另一支黄绿色竹木旱者，未刻字，但笔端仍有丝条挂纽。看来，此笔是“转型期”的遗民，外形正开始转向不必要的考究，笔毛则尚未全坍。化开后，旁有三根杂毛岔出，除去后稍好，但笔尖仍有两根细毛突出，无法清除。此笔已较我近十年在北京、上海、杭州、广州所购诸笔好多了。你过去寄来的那么多笔，也均不如此笔。

王一品，也已广陵散绝了，全国均已无毛笔一支矣！（日本可能还有，韩国也可能还有）

我想，如市里要重振毛笔，则王一品只能出真品

(我不说精品，因为谈不到)，主要要求是：

1. 用料必须真。并非凡羊毛、黄鼠狼尾毛等，均可作制笔材料，非经技师专家认可后不得使用。

2. 去浮华，功夫用在笔毛上。选毛要极精，一切病毛（粉白色者）开司米似羊毛（极细，极软，上下一样粗）等，均不能杂入一根。若进入一根，则全笔变坏。(我少年时，便喜欢立着看做毛笔工艺）而绵盒之类的虚饰，可一概取消。目前成本在绵盒等上。笔头塑料包头：按老规矩，均可取消，那全是骗外行的。笔毛长一寸半以上，确需此项塑料包头者，可酌用。

3. 刻字必须极端认真。刻字者应高工资。务必使伪造者刻不出这水平的字来（作伪者多无此项人才）。即使伪造，一看便知。笔杆上阴文涂料，要用矿物性的，不变色。可用红、绿、兰、兰灰四种颜色，古雅鲜艳，数十年不变。(刻字与涂料是属于应该投资部分)

有人说“善书者不择笔”之说极谬。其实是善书者最择笔。当前各地之毛笔，初习者固无用，书法家更无用。善书者极择笔一说，康有为《广艺舟双楫》，唯未详述耳。以今日之笔，篆隶固不能为，二王也无法，虞、欧、颜、柳束手，苏、黄、米、蔡，全得搁笔，宋徽宗也动不了手，赵孟頫、董其昌、文徵明、祝枝山等，均一字难作，何绍基、邓石如只好搁笔，谭延闿、康有为、郑孝胥写不出字来，于右任、钱玄同、沈尹默、鲁迅、王蘧常诸人均无法作书了。不仅此也，启功先生的书法家协会主席也当不成了。即康生、陈伯达（二人善书）也动弹不得了。至于唐人写经、章草等更写不出来了。

关键有三：一是假料假作；二是偷工减料，笔画无法饱满；三是笔尖无锋颖，不听话。于是，便什么字体也写不出来。如湖市要决心恢复此项国宝，首先在于延揽老技艺人才，无此即根本无法恢复。将来确想开会谈此事，我建议北京请李锐、王以铸（善诗书，甚了解文房四宝）参加。

文房四宝，以笔为先。无笔即无中国书法。看唐人写经，均是“书工”，即以抄写经文谋生者，并非书法家。但今之书法家能及之者有多少？但唐人写经字体、宋徽宗字体、龙门二十品字体、王蘧常先生字体、钱玄同字体等，岂是现在的任何毛笔写得出来的？固此，非有专家指导，熟练技工操作，湖笔恢复不起来。我对毛笔谈点个人看法。

即颂

春节快乐！

（于2003年）

我没有什么特殊的希冀

——记阿英的两本诗集

记得在万马齐喑的“文革”结束后的1982年初，当时重新复出的周扬在为我国著名文学家、戏剧家及藏书家阿英的一本书集写序时，回忆了30年代的阿英“当年那种勇往直前的青年锐气”，并深情地说道：“《死去了的阿Q时代》（当时阿英发表在《太阳月刊》上的一篇文章）敢于向伟大的鲁迅挑战，对这部杰出作品评价并不确当，但却提出了一个惹人注目的问题：阿Q的时代并没有死去，但却应当死亡。鲁迅以其对于中国社会和历史的无比敏锐的洞察力，解剖了这个代表我国国民性的阴暗面的典型，他是希望这个时代死去的。”

钱杏邨，原名钱德富（后改斌），笔名钱杏。出身于芜湖市一个小手工业家庭。十九岁在上海求学时，即投入新文学运动，早期发表了许多新诗，是普罗诗派的重要代表人物。阿英除了是党内最早的活动家（曾和李克农、邓中夏一起在全国总工会宣传部工作），还是一位早期和夏衍、郑伯奇在上海明星影片公司当编剧顾问和写剧本的作家之一。

由蒋光慈主编、阿英等具体负责编辑的《太阳月刊》于1928

年1月创刊，该刊后改为《时代文艺》《新流月刊》，左翼作家联盟成立后改名《拓荒者》。在此时间的“太阳社”，阿英除投入大量时间进行组稿和编辑，还出版了大量著作。而其中《饿人与饥鹰》和《荒土》两本诗集，可谓阿英30年代写诗的代表作品。《饿人与饥鹰》1928年9月1日出版，后于第二年（1929）4月1日再版；《荒土》于1929年1月出版。前是上海现代书局发行；后是泰东图书局发行。

《饿人与饥鹰》是两卷诗，即《饿人》一卷和《饥鹰》一卷。前卷写出了1927年至1928年作者亲历经济苦闷和困窘时的呼叫；后卷是大革命失败后，即1927年4月12日后从上海千里跋涉回到武汉，辗转家乡于途中写成，是作者颠沛生活的记录和悲愤心情的抒写。

读《饿人》中的《一夜》就有作者面临生存困境时的呼喊：

> 假如我有固定的生涯／假使我和孩儿们不致饿死／我是可以甜蜜的安睡／何致梦儿也受着经济的支配？／但我总不信有工作能力的人应该饿死……

这多么像杜甫当年经安史之乱后的《茅屋被秋风所破歌》。可见阿英当时和妻儿过的是离乱和饥饿的时光。

> 这世界将总要属于我们劳动者／虽然现在没得穿，没有得住，没有得吃！……／在黑暗的夜里，是谁供给

火光？／是谁辛勤工作，供给别人屋宇，衣服和食糖／是谁创造了郁郁的森林，美丽的村庄？……（《杂诗一首》）

再看阿英《再题〈两当轩集〉后——呈黄仲则先生之灵》一诗中表达了他生活的苦难：

现在我是无米为炊，孩儿又病，／妻衣百结，好友和我一样困窘；／虽曾孜孜的读书十年，／无如诗歌不值一文，诗歌不值一文！……／我的无限穷愁病困，／能向谁个说陈？

想当年黄仲则有诗："茫茫来日愁如海，寄语羲和快着鞭。"而阿英借仲则的愁困写了：今日，展读幽怨的遗诗／掀起我流浪时的悲愤／谁个肯听我的哀音？／只有寒风雪夜，再哭先生。

读了这时代阿英的诗，始终令我厄闷的是：两个不同时代的文人为何会有同样的遭遇？在阿英笔下，镜头把两个时代的距离拉近，使两个不同时代的诗人对同样生活的潦倒而发出了痛苦的反响。个人的反抗同对社会的揭露，确是30年代诗人阿英诗的特点。在《饥鹰》许多诗篇中也暴露了这个主题：

唉！天地虽大，现在变做我们的囚牢了／宇宙万象，在我们看来，只是一片血迹了／我们的重大责任还没有

尽／囚牢没有冲破，血迹没有洗涤。（《小王村留别天任》）

许多的朋友已被收在监狱／许多的朋友皇皇如丧家之犬／和我一般过着逃亡的生活……／哪里是我们的尽头？／我终不相信野狐能永久胜利……（《四月二十三夜》）

从1927年4月12日后阿英和李克农被追捕，他们逃亡武汉，历史上发生宁汉合流后，阿英又撤离武汉流浪他乡。这段逃亡生活中的“饿人”和他生活在一起朋友们的“饥鹰”，使阿英写出了这部再现现实生活的诗集。

阿英写的《荒土》诗集，是小开本，有十一首诗收录在《写给一个朋友》。而《往昔的故事》收十五首。阿英在写了《饿人与饥鹰》后，为何又写了《荒土》呢？作者是这样对我们说的：

把今年以前的诗编成集子交了出去后，自己以为是不会再写什么诗歌了，我觉得诗的情绪完全在我的心中消逝了。却想不到半年来，又积下许多首诗，这真是当年所不曾梦想的事。

但是，作者在对自己写的诗，终感歉意，所以，他认为这些诗是“畸形的制作，是到了该被埋入‘荒土’的时候了，那自己认作不健全的东西，在大时代前面，只有一条出路——死亡”。于是，这诗集便成了阿英最后的一本诗集。

但是，七十多年后的今天，我又重新从“荒土”里把它挖出，在诗人一百周年诞辰时，在一盏灯下展读，我看这“荒土”中遗存的诗，还会在今日的阳光里泛出一些历史的记录。

如《写给一个朋友》：

> 粉饰的海面内藏着原先的毒坯／朋友，快离开这座囚笼，不再徘徊／改良主义本是人间可怕的恶鬼。／他依旧是一个伟大的歌者／他歌唱着经济苦闷的喊叫／从他的悲苦的凄吟中／表现了破产智识者怎样的潦倒。（《三题〈两当轩集〉后》）
>
> 著作人的心情／而今也是市侩的心情／艺术已变成谋生的工具／提起笔来谁都要预测着它的销路。（《为了穷困》）

在读《荒土》里的那些篇什，如《灯塔》《穷人》《屋脊》和《往昔的故事》，时有凄凉，时有激愤，时有奋进搏斗和被压迫者的反抗，更有诗人那充满斗争的心灵的撞击：

> 到压迫的下面找道路去／弟兄们，你不要退缩，不要徘徊／胜利属于无产者所有／只要我们的精神始终不懈……（《压迫》）

阿英，作为身受大革命失败后的流浪者，受饥饿的被压迫者，他的诗句的力量，在那个时代里，激动着大众，燃烧着的如烈火般的激情，感染着那个时代受苦难的大众。但是，作为诗人的阿英并非在他心中一味充满着斗争的哲学，他还有人道主义的同情，还有对人生美好的憧憬。《黄昏》便是一幅人情脉脉的画："……到处飞扬着晚炊时缕缕白烟／有的农人们闲坐门前谈天／……一幅Millet的晚祷已现在眼前／和平与快乐的色调真是模糊一片。"

阿英从20世纪20年代至40年代初，在殖民地、半殖民地的上海，在文化围剿与白色恐怖的恶劣环境下，作为左翼作家联盟早期的一个诗人，始终是一个不屈不挠、顽强不息的斗士。同时，使我读出了"当年那种勇往直前的青年锐气"！

（于2012年）

辛亥革命的支助者：张静江

辛亥革命史专家章开沅先生曾说："辛亥革命不是极少数人的事业，它是一个数以万计的新兴知识分子群体共同发动和推进的社会运动……但是，随着时间的流逝，由于种种原因，并不是所有的仁人志士都受到人们应有的重视，有些当年曾是星光灿烂的风云人物，甚至会被后世逐渐淡忘。张静江就是这样一个应受重视的人物。"

辛亥大变局之前的光绪二十八年（1902）张静江以一等参赞，随驻法公使孙宝琦赴欧，其在法国，可谓仕途一帆风顺，经商亦获利甚丰。他本可以在清末新政体制内青云直上，成为一颗耀眼的明星。但因不满清朝廷之封建专制统治，于法国经商时即接受民主主义思想熏陶，出于对祖国和人民的诚挚感情，接受欧洲新思潮的同时，且毅然参加孙中山领导的同盟会，不仅以智慧而且以钱财为辛亥革命做出重大贡献。作为张静江这么一个有"生当作人杰"大志向的青年人，确与时代一起走到了他的一次新的裂变时期。他背靠的是由张氏家族几代人，通过业贾而积累了丰厚的巨额资本，再加上张家很早就通过丝绸出口等贸易活动，结识了许多外国商人。这些有利的条件，使张静江怀有了一个坚定的目标：先“出洋从业”，然后去寻求他向往已久的远大志向。

1906年3月4日，张静江从巴黎乘客轮返沪办理中国通运公司有关商务。在甲板上，他惊奇地邂逅自己崇拜多年的孙中山。张静江欣喜若狂地来到孙中山的客舱，做自我介绍，表示愿为革命提供支持与帮助，包括经费。临别时，张静江和孙中山约定：“以后革命事业如果需要款项，可随时打电报给我，为保密起见，电报上不用写数目，只写ABCDE，就可以代替一万、二万、三万、四万、五万了。”此后，孙中山领导同盟会后，明确提出了武装反清的基本方针。意图首先在华南沿海、沿边地区发动武装起义，夺取两广为根据地，进而挥师北上。打仗就需要购买枪支弹药，可当时同盟会经费枯竭。孙中山这时想到了一年前的张静江，想起他们彼此约定的暗号。他取中间字母C，试着让胡汉民给张静江发电报。当时连黄兴他们都不敢相信。可结果是电报拍出后不到二十天，钱就寄到，便是三万法郎。以后，孙中山又先后以A和E为暗号，致电张静江，又如约收到了一万和五万法郎。故孙中山曾说：“自同盟会成立后，始有向外筹资之举，当时出资最勇而名者，张静江也，倾其巴黎之店所得六七万元，尽以助饷。”古人有为国毁家纾难之说，张静江的行为正是这样。有这些资金做基础，孙中山于1907年一连发动了五次起义，即潮州黄冈起义、惠州七女湖起义、防城起义、廉州起义、钦州起义。

事后，孙中山让胡汉民代笔致函张静江，表示他及众位革命同志对张静江慷慨资助的谢意，同时，如实将收到捐款后用于革命的各项开支情况，做了详尽的报告。张静江当即复信给孙中山：

“余深信君必能实行革命，故愿尽力助君成此大业。君我既成同志，彼此默契，实无报告事实之必要。若因报告事实而为敌人所知，殊于事实进行有所不利，君能努力猛进，即胜于作长信多多。”孙中山读罢，深为感慨，觉得此人胸怀坦荡。如此慷慨大义，只尽疏财之义务，不问应享之权利，实为平生所少见。他钦佩地说：“人杰确为革命奇人，也可称革命圣人矣!”当然，辛亥革命后，张静江还第一个创办证券交易所。上海证券物品交易所于1920年2月4日正式开业。其社会信誉度甚高，门庭若市，股票行情不断上涨。张静江将股份收入的部分经费，每月约一万至两万元及时划拨给广州军政府。他还第一个创办了西湖博览会。

1924年底，孙中山应冯玉祥邀请，离穗北上会谈南北统一，不期重病住院。张静江抱病赴京到协和医院探望孙中山。他忧心如焚，在京城遍寻良医。自1925年2月2日起，张静江一直守护在孙中山身边，天天企盼出现奇迹。3月11日，孙中山预感到自己将走到生命的尽头，便在事先准备好的两份遗嘱上签字。按照孙中山的意愿，张静江签了字，尚有吴稚晖、汪精卫、宋子文、孔祥熙、何香凝等十二人签名。3月12日9时30分，孙中山与世长辞。张静江悲恸欲裂。4月2日，孙中山灵柩由中央公园移至西山碧云寺安放。石龛内悬挂着由张静江书写的长联：功高华盛顿，德盖中华间，行易知难，并有名言传海内；骨瘗紫金山，灵栖碧云寺，地维天柱，永留浩气在人间。作为辛亥革命的支持者，张静江，生于1877年，卒于1950年，活了七十三个年头，以经济支助孙中山为头功。他是最早提出以经济建设为中心的爱国者和实践者。

对于这位历史人物，确尚有许多事迹可谈，限于篇幅，略谈于此。(可参阅拙著《张静江传》)

辛亥革命的重要历史人物，一如陈英士、杨谱笙、戴季陶、庞青城、王一亭等一大批仁人志士，过去一段时间，曾被忽视，今日，辛亥百年之后的今天，百余年岁月，业已穿越历史时空隧道，而他们都是中国现代化的重要开拓者之一，他们的奋斗牺牲，执着追求，都是为了祖国的独立与富强。我想，我们的后人，会深深地怀念着他们。

（于2012年5月）

书画收藏大家庞元济

上海远东出版社近又重印《庞虚斋藏画集胜》，线装一函五册。这些珍稀宝画，由华宝斋制作，印制精良。每逢暇时披览这些书画，虽然是珂罗版转印，但已有千年，尝能目睹，确令人欣慰不已。这个画集，由文博大家王世襄亲自作序。王老那年已九十四岁高龄，虽目力极差，但还为收藏大家庞元济的书画写了序文。可以说，这序文，是他老的绝笔，时隔半年后，他即仙逝而去。

王老在序中说："庞氏之收藏对大多数人来说，还是难得一见。我与庞公1945年得曾相见，并观赏其所藏四王山水画轴。但缘于1920年'中国画学研究会'的成立……南浔庞氏收藏颇丰且精，他尽其毕生精力和财力，收藏和保护了我国千百年来绘画艺术之珍品，是中国画界崇仰之人物，也早令我敬佩。"

的确，庞氏一生过眼历代名画，不下数万幅。王季迁曾说："他是全世界最大的中国书画收藏家，拥有书画名迹数千件。"作为我国近现代最大的收藏家和书画鉴赏家，在我国近现代收藏史上具有非常突出的地位。

庞元济（1864—1949），字莱臣，号虚斋。他是南浔富商庞家开创者庞云镨次子，自幼嗜画，少年时就倾资购置清乾隆时名画手迹，又刻意临摹，颇得形似。他毕生从事实业和收藏书画两项雅好，以创办实业的成功，实现了收藏历代书画而名冠江南。

庞元济，曾在他父亲经营丝业的基础上，先在家乡经营庞滋德中药店。而后，至1903年，在上海创办龙章造纸厂（这是当时上海唯一的一家造纸厂），时又在苏州、杭州开办典当行、丝绸厂。同时投资金融业，并拥有大量的房地产业，被誉为“民族工业的开创者”。

一系列商业活动的成功，雄厚的物质基础，奠定了他的书画收藏。由于经商地主要在上海，庞元济的书画来源，首先是上海等地收藏家出手的书画。如他曾斥巨资，将清同治年间，即已开始收藏宋元名迹的狄平子的大部分绘画名迹收藏于他的书斋。如赵孟坚《水仙》《青卞隐居图》等宋元名迹，即来自于狄平子之手。

狄平子（1873—1941）近代诗人，文学批评家。早年中举人，后留学日本，为康有为唯一的江南弟子。家富收藏，精鉴别。后来庞氏把他收藏之书画编纂成目录，这就是《虚斋名画录》及《续录》。

据《虚斋名画录》自序：“搜罗渐及国初，由国初而前明，由明而宋，上至五代李唐循而进，未尝躐等。每遇名迹，不惜重资购求，南北收藏，如吴门汪氏、顾氏，锡山秦氏、中州李氏、莱阳孙氏、川沙沈氏、利津李氏、归安吴氏、同里顾氏诸旧家，争出所蓄，闻风而至，云烟过眼，几无虚日。其间，凡画法之精粗，设色之明暗，纸绡之新旧，题跋之真赝，时移代易，面目各不相同，靡不惟日孜孜潜心考索。稍有疑惑，宁慎毋滥。往往于数百幅中选择不过二三幅，积储二十余年而所得仅仅若此。欧阳子曰：物常聚于所好，而常得于有力之强。余不敢有力自居，惟好之耽笃，积之既久，则凡历代有名大家，盖于是略备焉。”庞元济对来自民间故家藏品、收藏大家的书画，他一一留意，积年渐多，渐成为名冠江南和国内外大收藏家。

他几十年来，每遇名迹，不惜重资购求，将南北收藏家的藏品，根据自己的鉴别、爱好，收归藏之。如吴门汪氏、顾氏，锡山秦氏、中州李氏、莱阳孙氏、川沙沈氏、利津李氏、归安吴氏、同里顾氏诸旧家的藏品，他几乎都有购藏。收藏范围也由国初、前明、元宋而逐渐五代、李唐，经历了由近及远的收藏过程，庋藏了一大批绘画名迹。成书于1909年的《虚斋名画录》，共著录他收藏的历代名画共538件。不能不让人赞叹收罗之富、用力之勤。

1915年，庞元济为参加在美国费城举办的万国博览会，又印行《中华历代名画记》。此书共著录藏画七十八件，著名的有：郭熙《峨嵋积雪图》，苏轼《凤尾竹图》，赵孟坚《莲叶鲜鱼图》等二十七件；金、元人李山《风雪杉松图》，赵孟頫《陶靖节》《胡笳十八拍轴》，王渊《雪羽图卷》，王蒙《秋山萧寺图》等十六件；明唐寅《梦仙草堂图》《秋风纨扇图》，文徵明《落花图卷》《风雨归舟图轴》，沈周《湖中落雁》，仇英《昼锦堂图》等十四件；清朝王鉴《溪山雪霁图》，王翚《柳荫垂钓图》等十七件。

这些作品，可谓是庞氏藏品中的上选之品。当然，庞氏收藏来源，有来自宫内收藏，即清末官员和来沪避难故家的收藏。清末社会动荡，清帝宣统逊位之后，不少人纷纷避乱上海，这一批故旧官员，往往将自家的藏品出让，在这一时期，他又购藏了一批历代书画名迹。

在庞元济“虚斋”藏品中，著名的书画有：阎立本《进谏图》、韩干《呈马图》、周昉《村姬擘阮图》、戴嵩《斗牛图》，五代赵驸马《神骏图》《赵文敏书合璧》，董源《夏山图》、周行通《牧羊图》、王道求《弗林狮子图》，张戡《人马图》、宋何尊师《葵石戏描图》、巨然《流水松风图》《江村归棹图》，李成《寒林采芝图》、郭熙《终南积雪图》，赵佶《双鹑图》《雪江归棹图》《赐郓王楷山水》，李公麟《醉僧图》，米芾《楚山秋霁图》《云山草宅图》，陈中《羌胡出猎图》、赵大年《水村图》、赵千里《春龙出蛰

庞藏的宋李迪《雪树寒禽图》

图》、夏洼《溪山无尽图》、宋人《风雪度关图》、龚开《中山出游图》、金人李山《风雪杉松》、元人钱选《草虫图》等等。

亦有元、明、清各代诸如管道升、任仁发、张中、黄公望、王蒙、吴镇、倪瓒、沈周、文徵明、唐寅、仇英、董其昌、项元汴、恽寿平、王荦、王原祁、石涛、八大山人、金农等人的作品。靠一家一力，在短短的几十年内，将历代名家收罗齐备，确实显现出一代书画收藏家的勤奋和惊人业绩。

故王世襄在世时回忆起抗战结束时，即1945年10月中旬，他带美国纽约大都会美术馆馆长瞿荫到上海庞氏家，和庞公得曾相见，并观赏其所藏“四王”山水画轴。正如王老所说：“庞氏之收藏对大多数人来说，还是难得一见。《虚斋名画录》刊于宣统元年岁次己酉，即1909年。距今已近百年，光阴荏苒，弹指一挥间，一个世纪过去了，而我庶近目睹了诸多中国文物之飘零聚散、兴毁哀衰，而今再次看到庞元济先生的《藏画集胜》，无疑是我晚年的一件逸兴遄飞之事。”

（于2008年6月27日）

一个奇人与一本民国诗集

——读罗吟圃的《纤手》

甲午岁寒之夜，偶尔翻捡书箧里的民国珍本诗集罗吟圃的《纤手》。这本书是1928年由上海泰东书局出版的“白露丛书”之一，小三十二开，毛边本，定价三角，初版两千册。诗集只盈盈一册，橄榄绿的书衣上，一双合握成半圆形的手掌中，垂落下一只少女的手掌，纤纤五指，如莲蕊般含苞待绽。翻开诗集，扉页上印着“To Miss Helen Lin”，背面印着一首英文小诗，诗的作者，便是英国诗人厄内斯特·道生：

Erewhile,before the world was old, / When violets grew and celandine, / In Cupid's train we were enrolled: / Erewhile! / Your little hands were clasped in mine, / Your head all ruddy and sun-gold / Lay on my breast which was your shrine, / And all the tale of love was told: / Ah, God, that sweet things should decline, / And fires fade out which were not cold, / Erewhile

现将上诗粗略翻译如下：

片刻之前／世界尚未老去，／当紫罗兰和白蕨菜正葱茏／我们在丘比特的列车中相逢：／片刻之前！／你的纤手紧握我的掌中，／你红光满面，容光焕发／你的头靠在我胸前／就像靠在你的神龛之上／爱的故事全已经讲完／啊，上帝，那些甜蜜的事情终将逝去，／火光渐弱，但不会熄灭／片刻之前

如今，我们已无法确知《纤手》这本诗集为何会选这首道生并不知名的小诗作为整本诗集的引子。也许诗集所献给的海伦·林女士，当时正喜爱这位英国世纪末唯美派的诗人，也许，因当年郁达夫、邵洵美等，对比亚兹莱、西蒙斯、道生和乔治·摩尔为代表的唯美文学艺术流派的大力介绍和推荐，使不少初入新诗创作的年轻人，心向往之。1927年罗吟圃，曾在《白露》第一期、第二期和第三期上连续发表了《饮此一杯，送别那美好的青

《纤手》1928年上海泰东书局出版，毛边初版

春》《我们两个管领着这深的静夜》《我如今眼角已褪尽了泪痕》三篇诗作。这三首爱情诗，后皆收入《纤手》一书中。

此民国诗集，共收录了罗吟圃1926年至1927年间所写三十一首诗作，相当完整地反映了青年爱侣自相识至热恋以致最终分手的一个过程，可以说是新文化运动最早的爱情诗集之一。诗集后附有编者的后记以及罗吟圃的编后题记。后记为《白露丛书》主编蒯斯曛所作。诗集记录了罗吟圃文学青年时代的“一个凄美的梦”，梦中“枯萎的蔷薇瓣，失色的月亮，苍白的小唇，僵冷的手指”这一系列凄凉、纤弱、清冷的意象，在罗吟圃的诗句中反复出现，显然深受唯美主义色彩的影响。然而，唯美浪漫的诗风，精巧的遣词造句，却难以掩盖内心情感的显露，初读之下，会被作者营造的枯寂氛围吸引，略感新意，而读多了却不免嫌过矫饰。连作者也已感觉到这本诗集是自己不太成熟的尝试，在《后记》中称这些小诗是“平常的字句，表现肤浅的感情，自己亦知道是不生产的努力”。当我检索罗吟圃的相关生平和文学创作资料，竟出奇得零散和稀少，连出生年月也不详，只能从民国文人的回忆录，零星一些掌故中，略微窥得他的生平经历。

罗吟圃，广东梅州丰顺县人，据当地方志载，当地有一处“定昌公祠”，该祠的创建人罗督藩，字英都，号定邦，在当地很有威望，一生传下十一男，六女，其长子便是罗吟圃。罗吟圃，初由父送上海求学，后又出国留学。据冯亦代回忆，罗吟圃留学德国。有资料显示，罗曾与周恩来一起留学法国。姑姐存疑，备此一说。1926年罗吟圃留学归国不久，受新文学运动的浪潮影响，投身新诗的创作，之后他却未走上纯粹的文学创作之路，而随时代变迁，投笔从戎。现今从《纤手》“编后题记”便可看出端倪：“凄美的迷梦不能再续了！但我不能再在这醒后的寂寞和荒凉中生活着，我需要强烈的陶醉，比梦更强烈的醉陶。‘纤手’，在这里我和你握别了，我要用这和你握过的手，去握着一柄霜白的宝剑！（写于一九二七，十二，念二，吟圃）”

此后的罗吟圃，入民国于上海的驻军，参加了淞沪之战，之后成为一位知名的报人、记者和政论家。

1932年“一·二八”战事爆发，日本派陆战队登陆上海，国民党十九路军翁照垣旅长，不待军命率领军队奋起迎战抵抗，战后他获颁中华民国勋章一枚。淞沪血战后，全国各地来函询问战事经过者，日必数十起，于是翁照垣为了酬答各界人士热情关切，遂安排当时担任其部下的一五六旅政治部主任罗吟圃，为其执笔撰写《淞沪血战回忆录》。整部回忆录共七章，内容丰富、结构严整，由翁照垣口述，罗吟圃撰文，完成后陆续在上海《申报月刊》连载，因读者对象多是普通大众，行文尽量通俗、简洁，接近于口语，令读者观之朴实、真切、感人。

1932年11月1日，申报月刊社把它出版成书，1933年1月起发行全国，在海内外引起很大反响。在封面书名的右侧，印着作者的姓名：“翁照垣述，罗吟圃记。”在书名左侧，写着“纪念为国难牺牲之同胞”。在书的前言之前，附罗吟圃署名的一段话：“沪战月余中，翁旅长逐日有简单笔记。战事既终，各方来函询问战斗详情者，日必数十起，殊难一一细复。翁旅长因嘱鄙人根据其笔记，并参照当日阵中日记，草为斯篇。间有文字失检，或叙述未妥之处，概由鄙人负责。”书后还附有《申报》经理史量才的跋，约一千字，文言风格，文笔优美。翁照垣离开上海后，抗战全面爆发，罗吟圃担任孔祥熙的小儿子孔令侃的秘书，之后上海沦陷，他便去了香港。

在香港，孔令侃出资创报《星报》，罗吟圃任《星报》的经理和主笔，并常在报上发表社论和时评。当时也在香港的冯亦代就曾回忆道：“罗吟圃除了当《星报》经理之外，还每天为《星报》写社论，文笔犀利，颇受读者欢迎。这时乔冠华同志也在《时事晚报》写社论，乔罗二人都是写国际问题的，一时有瑜亮之称。”徐迟在《我的文学生涯》一书中也提到“政论家如刘思慕、金仲华、罗吟圃，都暂时留在香港”。

到1940年罗吟圃因孔令侃在港私设电台，被香港警方破获，他代孔受过被递解出境，随后到了重庆，任重庆国民党中央信托局信托处处长，不久孔令侃又出资十万港币，创办大时代书局，罗吟圃在重庆时也协助主持大时代书局，其中萧红的《呼兰河传》便是由重庆大时代书局出版。这一时期，罗吟圃鲜少煮字为文。抗战胜利后，随着中央信托局重迁上海，他又回到了上海任中央信托局的副局长，这时黄苗子也恰在上海中央信托局任秘书处处长。

1949年，罗吟圃并未随蒋介石政府到台湾，而是移居香港，此后罗吟圃这个名字，淡出了政界，也淡出了文化圈。仅在1955年召开的国际笔会香港中国笔会的成立大会上，作为著名文化人氏出席，还有以“南木”为笔名，翻译了美国作家艾温·威·蒂尔的散文《春满北国》。

直到2001年，民国著名小说家无名氏的名作《塔里的女人》一书的再版重印，作者无名氏写的再版序言中，我们才了解到无名氏与罗吟圃半个多世纪以来，跨越千山万水的深厚情谊，也让当年为这部小说心醉神迷的读者们了解到小说女主角的原型的人生故事。无名氏曾说：“《塔里的女人》女主角黎薇，真名瞿侬，南京中央大学中文系毕业，是名满全校的美女。当年著名国际评论家罗吟圃兄，是我好友。《塔里的女人》书名，就是我移花接木，借贷了他的一篇散文佳作的名字而取，而男主角所以名罗圣提，我是借了他的姓，又贷了他的好友曾圣提的后两字（曾圣提，是圣雄甘地学生，曾在后者身边学习数年），这就看出我们俩的交情了。大陆易帜，他们夫妇移居香港，想不到他的妻子陈蕴华女士竟与瞿侬成为闺中腻友，时相过从。但蕴华完成了一件又残忍又慈悲的几乎可算惊人之举，交往十几年，她居然绝不让好友知道我已把她的故事公开于百万读者面前。”

从无名氏的序言中，我们还了解到罗吟圃之后与夫人陈蕴华移居了美国，住在洛杉矶，两位老友自1949年分别后，直到1978年才又恢复通信，1983年后无名氏移居台湾。1985年，无名氏赴美演讲，两位老友终于聚首，无名氏写下了一篇声情并茂的散文《柿子》，他这样描写久别重逢的老友罗吟圃和他在美国的家：“他正站在壁炉边、依旧是一副魁梧身躯，头发也未全白……”三十载的风刀霜剑，世事变迁，当年那个才华横溢、英武洒脱的军中才子、政论专家变成了一位移居海外的平凡老人。

但罗吟圃与无名氏的友情和对当年岁月的回忆却丝毫未随着三十载的时光而褪色。2000年罗吟圃在洛杉矶逝世，老友无名氏在《序言》中写道：“吟圃也物故了。据说上午还嘱咐女佣服侍他洗个热水澡，沐后，躺在睡椅里休息，过了些时候，女佣来看他，发现他已睡‘过去’了。这倒是很幸福。从小睡到永睡，无病无痛，而且沐浴后，浑身一定感到很舒服。他享年九十一岁，算是长寿了。我为失去我最敬爱的老友而悲伤，又为他‘无疾而终’觉得安心。”

（于2016年）

一位学者，更是一位和蔼可亲的人

——贺近代史学家章开沅先生九十寿辰

章开沅先生，我的乡前辈，永远的老师，一个学者，历史学大家，受到大家尊敬的人。今年，在他九十华诞之际。我拿什么向他祝贺？记得古人曾说：“秀才人情一张纸”，又有人说：“人皆有一辟，我辟在书章。”鉴此，我就把一些心中想的、以前写的，遂掇拾起来，整理成文，以表心中诚挚的祝贺。

一

初识章开沅先生，缘于他的一本书。东方出版中心出版了一套“现代中华学人笔记丛书”，收入这套丛书的作者，都是国内外有名的学者，如王运熙、卞孝萱、吴小如、王水照等，而其中就有章开沅先生一本《实斋笔记》。该出版社的施伟达总编，寄了我章先生的著作，乃是巧合，还是有缘，我至今不得而知。读了章先生这本书后，我们遂引为乡前辈和学术上之忘年交了。

章开沅先生是驰名中外的学术大家，他在海内外学术界与教育界素有重要影响。曾长期担任华中师范大学校长，著名的历史学家和教育家、美国奥古斯坦那学院的荣誉法学博士。而他在

作者在章开沅家中与章合影

《我的家庭历史》一文中曾说："我的老家在安徽芜湖青弋江畔。童年的记忆早已变得模糊，只记得对岸是一望无际的田野……但家里的人们从来都是把自己的籍贯填报为浙江吴兴（今湖州市），至今连我们兄弟的下一代亦复如此。我从小流浪在外，对家族的历史了解甚少，幸好大哥作为长房长孙，还保存着一本《吴兴荻溪章氏家乘补编》（1944年版），才能使我粗略地获知自己的家世渊源。"

时隔几年后，这位"天涯行客""落地生根"的前辈，被家乡邀请前来参加中国国际湖笔文化节。在论坛上，他第一个走上讲坛，说："我自1990年起先后在美国、日本及港台各大学或作讲座，或作研究、任教，历时多年。海外萍踪、漂泊无定，美国是一个移民国家，而我对家乡也如一个移民，长期在外，而我的根却在荻溪，而荻溪就是今日之荻港，因水中芦苇丛生、无边无际而得名……"

作为改革开放后最早开展对外国际学术交流的中国学者之一，章开沅先生先后应邀访问了东西方十几个国家和地区，并先后受聘担任耶鲁大学、普林斯顿大学、加州大学、香港中文大学和台湾政治大学及“中央研究院”近代史研究所等许多著名学术机构的研究教授或客座教授，其深厚的学养和人格魅力深受国际学术界的高度评价。这样的学子终于来寻根了。

那一天晚上，我们一起在一个小小的咖啡厅喝咖啡时，他抑制不住那颗激动之心，对我说：“那一刻回家乡的场面令我感动，我虽不是‘少小离家老大回’，但我深感了这样的体会。如今回忆起我们聚族而居的章氏家族，最初在荻溪似乎没有什么显赫的祖先，一世祖、二世祖连名字都没有留下，而二世祖的牌位上‘题曰处士’，可能也都是普普通通的农民或小手工业者。三世祖到五世祖均系一脉单传，直到六世祖才算有了兄弟三人。从那以后开始人丁兴旺起来，从我家第九世开始分成若干祖上的祠堂，而我家是属于‘清芬堂’一支。我这次回乡寻根，老乡们可能已不知道‘清芬堂’了，但我在欢迎的爆竹声与乐队声中，家乡人还是把我当作乡亲，当作荻溪的子孙……”

那日，时间已是午夜了，我们都还没有睡意。他一边娓娓不绝地谈话，一边慢悠悠地品味着咖啡。从先生充满诚挚的话语中，以及在咖啡厅旖旎灯光映射下；从他不时泛上脸颊的红晕，我似乎找到了一个我心中长期不解的问题的答案：从古至今、国内外有那么多赤诚游子，总代代相传演绎着“儿童相见不相识，笑问客从何处来”的情状。为什么总有那么多人会从天涯海角、四面八方、千里跋涉地赶往自己的家乡祭祖寻根。他们的心中怀有什么信念？我想，这大约正如季羡林先生所说：“世间万物总有个根，根者，产生之根源也。”于是，我明白了一个更深的哲理：一个人为了达到对个体生命更深的自我认识，这才有了今生今世、踏遍天涯去寻根溯源的文化意识。我想，章开沅先生的寻根，以及后来带着他的已生活远在千里之外的儿孙们来寻根问祖，正是体现了这一中华文化意识。一个聚族而居的章氏宗族，也许在有千年的演变过程中，虽历经曲折，然始终未尝断裂，这说明了炎黄文化的悠久性与坚韧性。而章先生自己，也正是在继续培护深根，是为了荻溪之根脉开出更美的花，结出更丰硕的果。

鉴于章开沅教授在海内外学术界和教育界的重要影响，他做了一件“老骥伏枥，志在千里”的事：他设立了一个旨在继承和发扬章开沅教授的治学精神和人格风范，推动东西方文化交流的学术研究、人才培养和国际学术对话的国际学术平台，以适应中国社会发展对东西方文化交流所提出的新要求。经过多年的努力，一个以海内外学人为主体的“章开沅东西方文化交流学术基金会”已结出了丰顾成果。

这正使人想起，他提出的有关辛亥革命三个一百年的重要论点，其中有几句话，可作为我们民族前进的方向性启示。他说：“民族主义是世界主义的基础，世界主义是民族主义的目标，而且是一个更大的前提。所以，现在任何一个国家的问题都是世界问题，从当代的情况来看，孙先生关于世界主义和民族主义的结合、融合、处理，这是一种政治智慧。所以现在还是有影响的。”章先生还说：“真正讲从农村的民主治理，特别是从整个国家的民主发展的程度来讲，恐怕还有很多的工作要做，还有很多的困难。也可以说还有很多的障碍要突破。……我只相信一条：民主从来都不是施舍的。都是靠争取得到的。……未来的100年，人类的走向问题，环境污染，资源浪费，战争的绵延不绝，人类是自己在毁灭自己。尽管物质文明很发达，但现代文明的弊病已经在最深的层面病入膏肓。如果不给予猛醒的话，那么21世纪未来100年是一个什么样的前景，很难说。所以我们不是一般的纪念问题、一般的庆祝问题，更重要的是反思的问题，我们不仅要考虑过去的100年，更要立足于现实考虑未来的100年。”

我想，对于如此的深思远虑，只有非一个有着长期为国为民思考着的学者、使者，同时具备文人姿质的历史学大家所才能为的。

二

人物画传，是为保留名人史料和记录传主所走过的人生道路的一种文学形式。读者可以从原本尘封的照片和资料中，读出那已渐远的时代与往事，从中得到启迪和思考。复旦大学出版社曾出了一本《一个知识分子的肖像——贾植芳画传》，该书详细记录了贾植芳先生的心路历程。读后我有一种意味深长和沉甸甸的感觉。从此，在尽可能的情况下，我慢慢收集起这类既反映时代历史又从中折射出人生况味的画传。我常常把画传放在床头而百读不厌，有时甚或在迷迷糊糊之梦境中会出现与他们对话的情境。每读完一本这样的画传，心中就多了一份“自强不息，厚德载物”，抑或“含弘光大，品物咸亨”之感。

记得，华中师大近代史研究所赠予我的《鸿爪印雪——章开沅的老照片》（湖北人民出版社，2005年），应该说是我读到和看到的画传类书中，最好的一本现代人物画传。它多姿多彩、多棱角、多维度地反映了章开沅先生所处时代的历史进程。此画传的资料与照片收集得非常完整，不可多得。

如果，仅作为一本传记文学来读的话，它也独具价值。此画传分了十四个章节，另加了《章开沅教授年表》与后记，时间记录的跨度长达一个半世纪。

翻开画传，扑面而来的是章先生的曾祖父维藩公。他那一帧气宇轩昂、长髯拂胸，一如关云长公，又犹一美髯公的照片，令人肃然起敬。他早年入左宗棠幕营西征，转战天山南北建立军功、封官爵禄。而后，清末转而创办实业，一直延续到章开沅的祖父、父亲一代。接着就记录了章先生的故乡童年生活，金陵求学、执教华师、出国讲学，以及他享有的天伦之乐的家庭生活。整部画传，翔实反映了他的整个人生，读来使人顿生悠悠之历史沧桑感，又有丰富无比的生活情趣。

章先生在此书开首的《历史寻踪》（代序）中说："……及至我出生之日，家道已逐渐中落，我并未看到先辈当年的辉煌。我之所以追忆往事，无非是因为这种家世对我的学术生涯有两点影响。一是由于干臣公的事迹，诱发我研究张謇的兴味，也有助于我对张謇的理解；二是由于这种绅商门第的背景，有利于我与自己某些研究对象之间的沟通，使我得以结识一批清末民初的知名人士和他们的后裔。"

的确，作为史学家的他，除了治学严谨、一丝不苟外，他还通过研究中国近代史为背景，广结国内外学术界人士，并且不断开辟史学研究的新领域，这不能不令人格外瞩目。如他当年借调北京全国政协文史资料委员会时，与章士钊（行严）先生之间一段佳话，令我读来非常亲切有味。

章先生作为一名德高望重的著名学者，除了常能反映出他充溢智慧的幽默外，还能抓住每一个研究近代史的契机去贴近底层、亲近基层的各类人物。他绝不是那种只沉潜于书斋一味死读史书、热衷于到处发表论文的学者，而是非常重视现实的实际生活，真正做到了歌德所说的“生活之树常青”的那类学者。

正缘于这一点，所以他能不断地去披荆斩棘开辟一个个人们不敢尝试的新领域。譬如他很早就推动对清末实业家张謇的国际学术研讨，从而认为办实业是发展生产力、解决国计民生的重要途径。他痴迷辛亥革命史的研究，在“四人帮”刚倒台的1978年，就创办了辛亥革命史研究会。当国内学界对教会大学史研究还处于忌讳状态时，章先生就认为“治学不作媚时语，独寻真知启后人”，并着手对这一非常前瞻之领域进行了研究。

为了在这方面能取得真正第一手的资料，他毅然辞去已任了六年多的大学校长的职务，一如“躲进小楼成一统”地去了异国他乡的普林斯顿神学院的“蟠音楼”研究教会大学史。那一年他已届花甲之年，却孤身客居小楼之顶层，邻居全是欧美白人，他只能与蓝天白云对话，和松鼠白鸽为伴，进行研究与教育。为了弄清国外文献及为了取得更多的“真经”，第二年他又转入耶鲁大学，潜心于《贝德士文献》的阅读与研究。如果以今天大都是取道于比较现实的、急功近利、浮躁的治学状况而论，章先生当年那种耐得住寂寞而坚毅的学术追求，令人起敬。他很早就提出，真正的学术价值必然是超越国界而为世界所认同，他自己就是这样身体力行的人。

他的弟子常说："章师治学，大度兼大气，立意远大，虽有专精，决不畛域自囿。"而章开沅先生的自评是："自己一生只做了三件事：其一是把中国的辛亥革命研究引向世界，把世界的辛亥革命研究引入中国；其二是将世界的教会大学史研究引入中国，将中国的教会大学史研究引向世界；其三是培养了一批人才。"的确，诚如章先生自己说的，他从1979年开始，从人生的光阴里，他全身心地投入，为中国的学术界扎扎实实地做了这三件大好事。当然，作为一名终身教授，作为一位年事已高的八十岁老人，他每天还会从自己坐落在桂子山下的实斋书屋步行到办公室孜孜不倦地工作，还在为教会大学史的研究、和世界各国学者们的交流与合作、为华中师大在国际化方面取得长足发展奉献着晚年非常宝贵的精力。

"春风化雨，润物无声。"每当深夜，在我写作之后，总已过十二点，按几十年之老习惯带一本书上床阅读。这几天，我上床就翻读着一篇篇为章开沅先生八十华诞纪念集所写的文章。这些文章除与章先生有多年交往的学界朋友，大多是已在各大学担任博导和教授的章门弟子。篇篇文章无不打动着我的心，并亲切地拉近了我和章先生之间的心灵距离。

我虽不是章门弟子，也无缘得到章先生耳提面命于学术上的谆谆教诲，但我又荣幸能在桂子山上，参加他辞去终身教授，从而获得国内外格外尊敬的荣休的大会。我时时被他的人文之精神、不媚俗的品质，带进了“章门之学”的学海中，可谓得章先生神交中的耳提面命。我犹如徜徉在近现代史那风雨如晦、纷繁多变的世界里，也仿佛走进了古代齐国曾出现过的“稷下学派”门下，去聆听学术争鸣之繁荣景象……

“我认为，历史学家不应该单纯埋怨社会冷落历史，而首先要问自己是否真正理解历史的价值。面对当代人类文明的严重缺陷和当今社会的腐败等丑恶现象，历史学家不应该保持沉默，更不应该无所作为。我们应该和其他人文科学、社会科学乃至广大科技专家中的有识之士一起，共同努力，用自己的学术精品，用自己的智慧与热情，营造健康向上的精神文明。”这是章先生在2000年接受《光明日报》记者采访时说的一段肺腑之言，我想，这也许便是有正义感和有良知的真正的历史学家奋斗的动力源泉和为推动社会前进之贡献。

“工作对于他们来说，奉献更重于谋生，其终极目的则在于追求更高层次的真、善、美。唯有如此真诚，才能不趋附、不媚俗、不作违心之言。”（《实斋笔记》）这是章先生对自己，同时也是对别人（历史学家）的要求。当他用生命之重的人生，去实现他平生的诺言时，最好的证明便是他已走过了曲曲折折、风风雨雨、多灾多难的九十年的人生历程。

“灵魂最自由的人，就是那种一举挣断锁链的人。”章先生便是这样的人，一个真正有作为的历史学家，便应是这样一个大写的人，一个有着国际空间的学术使者的风范。

这也正是章先生的成功之道——“天行健，君子以自强不息！”

三

讲到章先生，又使我想起金庸先生来了。金庸曾于世纪之初，赠我他与池田大作的对话录《探求一个灿烂的世纪——金庸与池田大作对话录》。这场对话自1995年11月16日起，其间，他在中国香港、日本多次会晤池田大作，鸿雁传书，不间断地交流。金庸说：“对话是即兴进行的，有时是在餐席之上，有时是在茶话之际，有时正在欣赏山水之秀、庭园之美。”

池田大作，是日本创价学会名誉会长、国际创价学会会长，被誉为世界著名的教育家、社会活动家、佛教思想家、哲学家。1983年获联合国和平奖，1999年获爱因斯坦和平奖。他自与汤因比对话后，已与世界各国著名人士展开对话达二百多次。

中央电视台“大家”节目，播出了对历史学家章开沅和金庸一样受邀去日本和池田大作进行的对话。我同样收到了章先生寄我的《世纪的馈赠——章开沅与池田大作的对话》一书。

我兴奋地读着：“初冬晴好的天气，牧口纪念馆周边群山环绕，远处，可见富士山雪峰，树林五色斑斓。我们一见如故，从握手开始便敞开心扉，通过对话而逐步相知。”一如章先生所述，两位作为历史学大家、教育家的对话，是在东京如此秀美的牧口纪念会馆开始。时间是2005年12月13日。

巧合的是，章开沅和池田大作有着相同的人生经历：他们都是在战争中长大且饱经战祸苦难；都曾少年辍学并在社会底层从事过卑微的劳动；都在第二次大战后期曾经服过兵役，却没有上前线打仗；他们俩从小都爱好文学，崇敬鲁迅；都曾经遇到良师指导，日后成为他们终生的指路明灯。由于这些共同的经历，形成了他们共同的禀赋：从小就同情劳苦大众、旗帜鲜明地反对不义之战，他们一生都认识到树立正确的历史观的重要，都为国家与世界的和平尽一切所能。

我读着他们共同结晶出的书，似聆听了他们零距离的精彩对话。其实，在2008年日本《第三文明》月刊的“对话”栏目，全年连载了题为《走向人间胜利的新世纪——池田大作同章开沅谈历史、文化与教育》，已引起日本读者的广泛关注。历时五年后的今天，我们终读到了在日本文明社、创价大学、湖北人民出版社共同努力下两位智者对话的中文版。

全书以十二章展开，以透明、睿智、心灵互动的唇舌之论，道出了两人抑或是两国所经历的两个世纪的历史、人文、教育、经济、文化的大变动。最使我为之感动的，是在二战期间，作为第一任会长的牧口常三郎，因呼吁“个人的权力与自由，神圣不容侵犯”，反对日本军国主义的侵略战争而遭到监禁。当年，牧口就断言：“侵略中国与发动大东亚战争，根本上是起因于日本国家错误的精神指引而导致的‘国难’。”1944年11月18日，七十三岁的牧口终被迫害死于狱中，成了世界积极“贡献人生”的典范。当时，他的直系弟子户田，也同样在狱中遭难。而池田十九岁就放弃学业，毅然地追随其师户田先生，于艰苦与孤独中奋斗不息，继续从事和平与教育事业。池田视教育为创造不朽价值的圣业，他对年轻人常说的一句话是：“请大家趁着年轻，多与一流的人物接触，多与一流的世界接触。这些经历将来会成为你们不可或缺的财富。”正因此，创价大学曾邀请世界各领域的著名人物到创价访问。如戈尔巴乔夫、智利前总统埃尔文、民权运动之母罗莎·帕克斯女士、阿根廷的和平战士埃斯基维尔博士等人物来校演讲。

创价迎来章开沅先生，正是21世纪世界动荡转型的重要时期。章开沅以《我与历史》为题，给创价大学师生做了演讲。他以中国几千历史为起点，以近代史为桥梁，道出了如今以科学技术为优先，却忽视了文明精神的忧虑。他呼吁加强自身的变革，就是历史学、人类学的重要使命。章先生在日本与池田大作的对话，对人类终极关怀和全球一体化的睿智思考，提出了自己精到的见解。他还从孔子、后汉史、遣隋使、遣唐使、鲁迅、陶行知、泰戈尔、徐志摩等一路讲来。他们以亲历20世纪和21世纪的身份，对谈了民族国家、法律制度、教育伦理、兵法、音乐、天文、佛教等问题，可谓古今中外，无所不谈。我花三个晚上，于灯下读毕，想读者捧读此书时与我一样喜欢并受益匪浅。

作为辛亥革命史专家，作为中国近代史学大家，章开沅在美国获得了南京大屠杀的资料，并进行了深入研究。他向日本学生坦露肺腑之言：“如果缺乏正确的历史观，不仅给个人的人生和一国的行为带来严重危害，甚至会引起全人类的惨祸。”这是多么精辟的一个亲历者的历史阐述；也可说，这是以历史学家的智慧对人类未来的预警。

我读这本书时，用红笔画出了许多对话中的精彩言论。其中有一段话尤令我深思：“历史不仅是对人类集体在过去发生某个事件、产生某种结果的记忆和记录，历史的重要意义在于记忆中蕴含的‘智慧’。人类的智慧是集体记忆积累、升华后的产物。有了这样丰富的智慧，就能考察现在，才有可能开创未来。”我想，如果大家能运用这种历史的智慧去考察一切，那么历史就不会成为少数人的历史了。

全世界人类的命运是同一的，在考虑自己命运的同时，也必须思索人类共同的命运。于是，两位世纪老人共同呼吁：要超越国家、民族和宗教等界限，全人类同为地球同胞的理念，一定会实现。这是他们对未来世纪的共同展望。这也正是章先生的恩师、曾任金陵大学历史系创始人贝德博士庄严呼吁的：“还地球以和平！给人类以慈悲！”这是人类共同的声音。

“天地之间，是一个感应。”历史是多么相同，人类只能说有时代，不必分中外。只有“扩大了人文精神，眼中看见了世界的人类，同时养成了人的道德，实现了人的真正生活”。天地间人生，才有真正的幸福。这便是世界潮流，顺之者昌，逆之者亡。这就是章开沅与池田大作对话的全部真谛。

我常想，一个人能走过九十个年头的人，在这风风雨雨的20世纪，是多么地不简单。《易》曰“其德刚健而文明，应乎天而时行，是以元亨”。先生的性格，学术思想，品格为人，乃或他的一篇篇文章，在我的眼里和心里，总感是钦佩伟大的。人说，大道成于沧桑，先生一生，本色依然，真诚依旧，文明的薪火，相传不断。章先生于我心中永远是：一位学者，一位使者，更是一位和蔼可亲的人！

（于2015年4月12日写并修订）

沈家本：中国古代法制传统掘墓人

回溯1911年10月10日夜武昌的第一声枪响，辛亥革命距今已走过百年岁月。百年前的长夜中，一道闪电，挟着血光，撕裂阴云。漫漫沉寂中，一阵阵惊雷，震荡万物生灵。那一瞬和那一刻，是我们再重温历史的理由。辛亥革命结束了两千多年的帝制，其宏大的政治意义，几乎谈了近百年。近日我阅读了几部写辛亥之书，如北大张鸣的《辛亥：摇晃的中国》，中国社科院闵杰的《影像辛亥》，李刚的《辛亥往事》等，以及有关这方面的各类文章。通过这些历史场景、这些史实维度，才知一部辛亥革命史的艰辛曲折、跌宕起伏：一个个人物层出不穷，一段段故事纷繁杂陈，一片片往事叹为观止。19世纪20世纪之交的中国，似乎就在这历史之谜雾中穿越、前行。人们在回眸历史，在寻找答案。有学者说，纪念辛亥革命要看三个“百年”：即辛亥革命之前的一百年，辛亥革命以来的一百年，以及放眼今后的一百年。我想，这些都不是我力所能逮，还是留给那些专攻历史之专家学者去论。我只是在此谈及一个改变中国几千年法系的一个人。

辛亥大变局之前的1904年2月，日俄战争爆发，俄国战败，时立宪政体战胜专制政体。清朝政府内要求立宪的舆论日益高涨，驻外公使和地方督抚也纷纷奏请仿效日本及欧美政治，实行君主立宪。当时的改革派认为："世界是平的，必须搞立宪，本朝还可苦撑五十年。"当年一些驻外公使，也提倡君主立宪。当年一些京官的强国梦，便是立宪国无不胜。

清末朝廷内的当权者，为自救、自强、自改革，于1905年至1906年，派出镇国公载泽为首的五大臣出洋考察，为改革政体，考察各国政体、宪法。晚清似乎有了立宪的决心。

载泽、端方考察回国，被召见时，力陈"中国不立宪之害及立宪之利"，并一连上了好几份奏折，详加阐述。其中《奏请宣布立宪密折》《请定国是以安大计折》，历数宪政三利：一曰"皇位永固"，二曰"外患较轻"，三曰"内乱可弭"。慈禧令各王公大臣将奏折传阅讨论，结果公议立宪有利，应该实行，但在时限缓急上，却各有分歧。

其时，沈家本与伍廷芳等人，为晚清之革新法律，急于1904年向清政府提交了在传统法基础上吸收了当时先进国家成果的《刑事民事诉讼法》和《新刑律草案》。提出禁止刑讯，削减死罪条款，改进死刑执行方式，废除有关奴婢条款、统一满汉法律待遇等等。虽然清政府在预备立宪以后，又推出了改革官制、颁布宪法大纲、设立谘议局和资政院等一系列措施。但是，这样的改革，终究触犯满族贵族集团那根深蒂固的利益链。

沈家本的修律，首受到隅抗的却是来自力荐他出任修律大臣的张之洞。这位于清末政坛名重一时、洋务派的代表人物，也算是改革派阵营中的大臣，但对沈家本的修律，却持强烈反对态度，这确使沈家本陷于两难境地。难怪当年，李鸿章说：中国是一座梁衰栋朽的老房子，而一些试度变革的人，都是“裱糊匠”。也确如此，在衰朽的老房子里做改革，又不去充当裱糊匠，其难可知。于是，神州大地上，一场作为“思想大激战”的“礼法之争”就此拉开帷幕。

西学东渐以来，西方法律文化的优越，使中国传统法制的残暴、野蛮暴露无遗。沈家本的法学思想，并非仅囿于中国传统法律学。他曾精研欧美及日本等各国的法典、法律思想和新的学说。他一直期望着倾其所学，通过修律来救助危难中的国家和民族。若按照以沈家本为首的法理派看法，修律的方向，就是向欧美看齐，用西方流行的法理来指导中国的修律工作。当时，伍廷芳提出，日本已经走过的法制改革之路，就是中国应该照着走的法制改革之路。沈家本虽然没有受过完整而系统的西方教育，却持有与伍廷芳相似的法律改革观。在沈家本看来，中国法律的西方化，乃是不容抗拒的。因而，修订法律，就必以“模范列强为宗旨”，当然并非全弃中国传统法之精华。但张之洞不认可这种看法。1907年9月3日，张之洞向清廷提交了一份《遵旨核议新编刑事民事诉讼法折》，认为新法“有碍难通行之处”。他认为：“立法固贵因时，而经国必正本，值此环球交通之世，从前旧法自不能不量加变易，东西各国政法可采者亦多取其长，补我所短，揆时度势，诚不可缓。然必须将中国民情风俗、法令源流，通筹熟计，然后量为变通。”因此，“今日修改法律自应博采东西诸国法律，详加参酌，从速厘定，而仍求合于国家政教大纲，方为妥善办法。”在张之洞看来，沈家本所修订的新的诉讼法，违反了以“三纲五常”为核心的中国礼教纲纪，动摇了中国文明的根本，必须予以驳斥。张之洞所谓学习西法，承认西法精良，成效显著。但他认为学习的前提是“中学为体”，中法的原则不能动，“西学为用”，即西法的基本原则不能学；西法要求实行民权，人民有民主、自由、平等的权利。张之洞却认为，中国现时民智未开，不可谈民权，特别是“三纲”不可变。这便是以张之洞为代表的礼教派对于新法所持的态度。作为礼教派大臣的劳乃宣，对沈家本的这类伤筋动骨的改革也持有强烈排斥。他说：“风俗者，法律之母者，立法而不因其俗，其凿枘也必矣。中国，农桑之国也，故政治从家法；朔方，猎牧之国也，故政治从兵法；欧美，工商之国也，故政治从商法。若以中国家法政治治朔方，以朔方兵法政治治欧美，不待智者而知其不可行也。今欲以欧美之商法政治治中国，抑独可行之无弊乎？”其核心意思是，中国是农桑之国，其法律必从家法。也就是说，法律可以变，但纲常不能变。说穿了，就是一个人说了算的家长制不能变。此礼法之争，其声音已不仅仅局限在宫廷内部，当时，晚清的新闻媒体，也将此场论争向世人和社会做了报道。如当年的《国闻报》（1910年2月2日头版）是这样记事的：“第一次新刑律草案，为京内外大员驳议后，法律馆又加修订。目前在宪政馆会议此事时，劳乃宣与沈家本意见大忤……”《大公报》也应有相关报道。而《帝国日报》也有相应报道。如杨度于1910年12月5日《帝国日报》上发表了题为《论国家主义与家族主义之区别》文章。其实，此理论之据，早于1898年张之洞所撰《劝学篇》中就阐述了这一观点："夫不可变者，伦纪也，非法制也；圣道也，非器械也；心术也，非工艺也。"所以，他对沈家本修订新律，必遵循其"变法不变道"为其宗旨。于此，沈家本在这样的气势中，在夹缝中进行的改革，有的被驳回，有的被长期搁置。

然而，以沈家本、伍廷芳、杨度等法理派的观点却坚为"变法也变道"。如，以"父子平等"取代"父为子纲"，以"夫妇分资"取代"夫为妻纲"，以西式的"个体主义"取代中式的"家族主义"等，虽这些观点没有直言不讳地表达出来，但却已隐藏在他们向朝廷提交的"法律草案"以及"关于法律草案的说明"中了。其实，法理派当年也并未想打倒三纲五常。他们只是认为在新的形势下，中国不得不按照西方的法理与法制，遂改造中国的法律；如果在无意之中触及三纲五常，那是改革本身的逻辑导致的结果，因改革而必须付出一定的代价。

辛亥革命前后时期，虽然沈家本与孙中山都没有使用过"法律现代化"这样的词句和概念，但是他们在变革中国法律，谋求民族进步与发展的事业中，始终探索着这样的问题，依据什么样的标准来改造中国传统的法律，中国的法律如何从传统走向现代。一言以蔽之，他们孜孜以求的便是如何实现"中国法律的现代化"的问题。

今天说辛亥革命的研究，似应从一个漫长的时间段来透视。我们可从前五十年看，也可从前十年看。因为，若于1911年的前十年看，清政府之预备立宪是最根本的改革；清末法律改革家沈家本，如从中国法系层面看，他不愧是封建法律掘墓人中的一个。当然，辛亥大变局的产生，尚有众多成因。所以，有专家学者论述，辛亥革命之成，有偶然性也有其必然性。全面审视清王朝的最后岁月，可谓是“山雨欲来”。晚清的最后十年，正如研究辛亥革命的一位专家所言：“清末最后十年最令人感慨的，莫过于这是一部事与愿违的历史。大清朝二百六十八年的统治在武昌城的枪声之后戛然而止。”

（于2013年）

韩思克先生

——记荷兰使者

一

春天的太湖，垂柳绿轩窗，溪水穿城郭，到处洋溢着一派勃勃生气。荷兰总领事韩思克先生偕法国友人、翻译小陈，受徐鸿道先生（翻译家）的盛情相邀，特地趁周末度假日来到坐落于太湖之旁的莫干山。来自郁金香国度之使者的光临，描绘出了“读名诗知干将，观名胜爱莫干”的诗情画境。

前日还是细雨绵绵，偏这周末上午一扫多日的阴霾，天气放晴。雨后的天气格外温馨有情。匆匆用完了午餐，我就陪他们去安吉竹乡。那荷兰总领事有三十多年的驾车经验，自己开着一辆多功能两用而宽敞的轿车，紧紧尾随我们的黑色轿车直驱竹乡。我们的韩思克先生是多年外事上的老朋友，对闻名遐迩的湖州安吉，以及在国内外知名度很高的竹子早有了解。

总领事是平生第一次到这古城，也是第一次到这里的竹种园观竹。

千百年来，人们就称颂：“湖州安吉县，门与白云齐。禹力不到处，河声流向西。”这是多么符合那青山绿水，白云人家的真实描绘。真如朱自清先生描绘的：“春日的自然最好，山是青得要滴下来，水是满满的、软软的。”可这里除了朱先生描绘的以外，还有满地翠竹，生机盎然的绿色世界，确使总领事满怀惊奇与欣喜。

他不时对我们旁边的人深情地呼出：“竹子，那么多好看的竹，真是太美了！太美了！”我通过翻译问他：“你们荷兰有这么多、这么好品种的竹吗？”他那高头马壮的身躯，直摇撼着，连连说：“不，不！”只见他用那毛茸茸的双手，往左往右一划，翻译连声说：“总领事告知，荷兰是绝对没有这么好的土壤，好的竹子，要有山坡地，还要有湿润的气候，荷兰，那是不可能生长出这么多、这么好的竹子来的！”

韩思克先生对竹子真是情有独钟，他绝不是那种纯粹走马观花的游客。每到一处，对竹态纷呈，琳琅满目的各类竹子，他都要亲手抚摩良久，仔细观看，逐个研究，不时发问，盘问到底。对荷兰总领事那般执着，不时提问，虽有两位翻译，也不胜他对竹子那执着的深情追问，幸好第三位翻译神奇地出现在总领事身旁。说来也奇，那翻译却是一位已有八十岁的矮小老人，他叫石觉，多好的名字。在这之前我们一直未注意到于这竹园内有这么一位老人在。他身着老的中山装，像一个普普通通的农民老人。发现他用流利的英语和韩思克总领事接话后，我们才感觉到这老人不简单。他领着我们到处走一走，并逐一介绍看到的各类竹子前。

这人称“天下第一竹种园”内，人来人往。我们随总领事在

"凤尾森森，龙吟细细"的每一株，每一丛竹子面前逗留。时而还听到一两声不知是什么鸟的鸣叫，但很快又听到一阵尖声随空过去，恍如身在世外。在一棵刚劲挺拔，枝叶潇洒，杆圆筒形的高大的毛竹（也称楠竹）前，韩思克先生不断伸出大拇指，发出"OK、OK"的赞誉声。这时又见他高大的身躯缱情不已。

在可制作手杖、笛、箫的紫竹前，那老人用英语向总领事细细介绍这些紫色竹子。总领事急忙情意深长地对他的翻译小陈说，小陈赶忙翻译给大家："我们的老总说，他很想马上用双手拔几根竹子回去栽到在上海的领事馆里去!"此话引得我们笑声不断。

韩思克先生对有美丽名称的竹子，极有兴致。到了那些竹子面前，总要叫译员小陈用纸记下它们的名字。如什么"细白竹""鸡毛竹""凤尾竹"，还有那国内罕见的"芽竹""金竹"……都一一记下，带回上海。

时间很快，已近黄昏，我们一行还要赶赴德清莫干山。总领事不顾疲劳，不顾饥肠辘辘，他似乎太爱竹子了，太钟情于竹子了，他向安吉外办主任吴林通先生提出，一定要买几十株长二十多米的竹子，用自己的车带回去栽种。这确是个让人可喜、可慰，并值得骄傲的事，但也是个难题。这犹如中国的大熊猫赠送给外国人一样珍贵。

这时，这位神奇的老人发挥作用了。这位曾在抗美援朝谈判时，做过翻译的山中老人石觉，用英语向总领事解说，这类天目山上的竹子，必须在十月份栽种，才能种活。总领事被老人的话说服了。看着他依依不舍地离开竹子王国的样子，吴林通主任很善解人意地赠了他一盆盆栽佛肚竹。总领事总算笑逐颜开地捧上了一盆栽在盆子里的佛肚竹上了他的车。

当车徐徐离别时，他还不时对大家说：“十月份，我一定再来，一定要买几十株这里的婆娑美丽、圆形刚劲的竹子，带回领事馆栽种，我真太喜爱它了！”韩思克先生和石觉老人握手话别，并对老人说：“谢谢您给我上了一堂生动的竹子知识课！”

二

经过曲曲弯弯的山道，傍晚已临最后一道光影时，我们才到了莫干山旁的莫湖山庄投宿。那晚晚餐后，我有机会和总领事聊聊荷兰国的情况。今日的荷兰（Holland），正式的国名原为“内德兰王国”。17世纪初独立时，荷兰人口占全国三分之二，而后，因抵抗西班牙逐渐联合全体荷民成为独立国家，在经过对外经济的激烈竞争及本身高度经济的发展下，遂成为世界富强国家之一。韩思克总领事向我说，现在他们国家仅百分之三点五的人口用于农业，但在农业结构调整和农业现代化状况下，农业很发达。今日荷兰栽培的各类品种的鲜花已走向全世界，它的鲜花市场每日向欧洲国家大量输出，仅此一项国家外汇收入就很可观。

他说，荷兰的磨坊特别多，因而风车也特别多，尖头的木屐也有别于日本的木屐，成为荷兰的一个特色。韩思克先生的一番话，使我想起凡曾经去过荷兰考察交流的各界人士，都曾交口赞誉过荷兰在欧洲国家称得上是一颗美丽的明珠，风景秀丽，空气清净。但讲到风景美丽时，总领事不知是入乡随俗，抑或是从心底说出了他第一次来这里的观感，他说：“莫干山，真不错，虽然我们要待到明天一清早上山，但今晚我在莫干莫湖山庄已闻到了山中袭来的阵阵的清香味儿了。”韩思克先生对这里的历史人文风光赞不绝口，我想，大约天下事，天下景，终不能孤存，均要经过交相辉映。荷兰和中国，或韩思克先生和我，莫不仰仗交流沟通，才成为国际友人。我们中国人的友好外交，如果追忆悠悠的逝水年华，千百年来的历史，特别是近代历史，无论政治、经济、文化、宗教等等，不都是从一件件互相交流的小事做起吗！

韩思克先生的车开得真好，真快。第二天清晨上山时，他一点不甘落后于我们，无论是上山或下山，均驾驭得很精当。登上莫干山顶峰，俯视一片竹海摇曳，鸟瞰山下一溪碧玉似的清水，山中的一切在飘浮的白云下。春日里的莫干山，远眺五色缤纷的别墅，山花点缀的山峦，映照满山的翠岩，确颤人心魄。无论是月夜是黑夜，四季的莫干山，似乎都是妙境。

见此景色，韩领事不停地从各种角度拍照片，还一边不停地对我说：“这里的山，这里的水，山山水水，确是中国的旅游胜地，我非常喜欢这个地方。”每到一处他还不停地告诉我们荷兰许多发展旅游业的好经验。譬如荷兰、瑞士、瑞典均大力发展旅游业。网上旅游服务详细周到，把荷兰各城市、乡村均精细地纳入旅游业的范畴，工业、农业、旅游业三头齐进，把荷兰逐渐推向一个经济发达的国家。

在山上边走边谈，在莫干山七十一号楼门厅前小憩时，我和韩思克先生的谈笑似乎达到了“相视而笑”或“拈花一笑”的境界。

午餐时，我们为找到一个合适的“伴侣”，筑起一座桥梁！徐鸿道先生用的是老朋友相逢在山水间那种亲切而温情的口气对韩领事说：“这次集度假、休闲与广泛实地考察交流于一体，给这里的湖光山色、地域特色，增添了无限的魅力……”韩思克先生马上站起来，用非常洪亮的声音，通过翻译说：“谢谢，谢谢！我将以最大的热诚欢迎你们多来我的领事馆，我还会把你们的真诚愿望。转达给荷兰的同事、朋友和人民！”

来自郁金香国度的使者——韩思克先生终于到了要向我们告别的时候了。大家都依依不舍。我看出了他对水乡山竹，湖光天色，别有一番钟情和依恋。

我相信，今年的10月份，他定会为掘竹移栽再行踏上生机勃勃的山地，到那时，我似乎也确信他还会给我们送来荷兰人的一份友好深情的回报。

韩思克先生对竹子的那般认真执着，启迪我们是否也可以对郁金香花卉多多探索，把荷兰的鲜花移植到这里的土地上来，把荷兰先进的农业科技，方便详周的网上旅游业，也学过来……啊！这可正是“有朋自远方来，不亦乐乎”。

（于2001年5月）

记张葱玉

张葱玉是谁，今天许多人已经不太知道这个名字了。他对中国传统文化的巨大贡献，也可能随时间慢慢淡化。但我们可以这么说：中国法学泰斗沈家本是湖州人，那么中国书画鉴定的泰斗式人物张葱玉也是湖州南浔人。在这里我们感谢文汇报资深编辑郑重先生，他为湖州捧出了两块宝玉：一是保护故宫中的宝贝而历尽千辛万苦的文博大家徐森玉；一是百年不可多得的书画鉴定大家张葱玉。（郑先生特为这两位湖州人物撰写并出版了他们的两部传记）

张珩（1915—1963），字葱玉，号希逸。今年，正是他的百年诞辰之年。湖州土地上，走出这样一位中国书画鉴定大家，是值得对他做一番纪念的。

张葱玉“五岁开蒙读书，家塾中即以书画幛壁”。其天资聪慧，从小就大量接触别人无条件看到的唐宋元明的名人书画。在这样的生活环境下，张珩“欣赏书画，天资独厚，颖悟过人，已练就敏锐目光”。张葱玉之所以能够成为泰斗级的书画鉴定大师，首先，有一个家庭背景，即其家富收藏甲天下；其次，其祖父张石铭，南浔的富商之一，我国著名的大收藏家，便是他的启蒙老师。

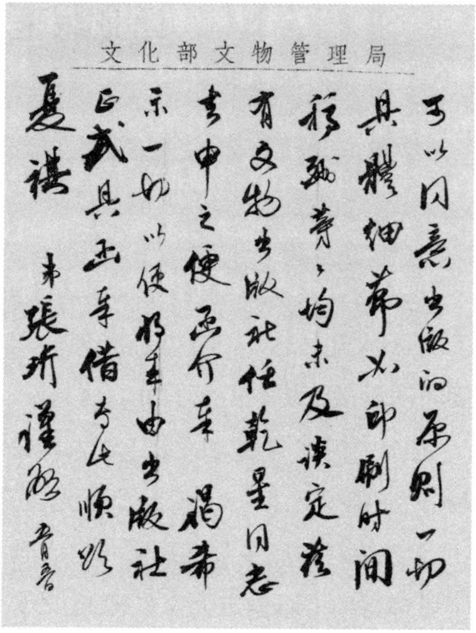
文化部文物管理局

可以同意出版而原则一切
具体细节如印刷时间
移就等等均未及谈定
有文物出版社任乾星同志
书中之便面介来福希
示一切以便将来由出版社
正式具函手借为感顺颂
夏祺
弟张珩谨启

张葱玉手迹

1928年，祖父张石铭过世，三年后分割家产。张葱玉作为四房的独子，一下子分得了二百多万银圆，那年他才十八岁。有好事者评估说，当时的二百万，其购买力相当于当下的两千个亿。这使张葱玉的一生，充满了传奇色彩。从此，他在上海日日歌舞的同时，开始了独立的书画收藏活动。他有充足的财力，有满腔的收藏热情，更重要的是他有锐利的眼力，还有足够的自信。他在继承南浔适园旧藏的同时，大肆收藏名迹，广为收藏界所称道。

张葱玉收藏的历代名迹很多，最负盛名的当数唐代张萱的《唐后行从图》和唐代周昉的《戏婴图》，均为国宝级艺术珍品，还有唐代颜真卿的《竹山堂联句》，宋代易元吉的《獐猴图》，元代钱选的《梨花鸠鸟图》、倪瓒的《虞山林壑图》、王蒙的《惠麓小隐图》、李珩的《墨竹图》等大量宋元名画。1934年，二十一岁的张葱玉“即被故宫博物院聘为鉴定委员会委员。抗战胜利后，故宫博物院由四川东归，张葱玉再度被聘为鉴定委员会委员”。二十一岁的张葱玉就已经成为国内最具声望的故宫博物院鉴定委员会委员，这显然是一个巨大的荣誉，而这荣誉的背后，显示出这位青年才俊的卓越鉴赏眼力。1947年张葱玉将自己收藏的书画精品结集出版，名为《韫辉斋藏唐宋以来名画集》，由郑振铎作序，摄影印刷。宣纸精印，彩绫装潢二巨册，印制极为考究，共著录其藏画中的精品七十幅。“韫辉斋”是当年张葱玉在上海的斋号。

现不妨把郑振铎特为张葱玉这本举世无双的“唐宋名画集”所写之序，录之以下：

> 今世能识古画者鲜矣。无论以骨董为业者，惯于指鹿为马，即收藏家亦往往家有敝帚，珍之千金，尝见海外所藏我国画，大半皆是泥沙杂下，玉石不分，而论述我国艺术史者每采及不知所云之，下品与赝作据为论断源流之资。夫真伪未辨、黑白不分，即便登座高谈，其为妄诞曲解可知。我国艺术之真谛其终难为世人所解乎。有心人能不惄然忧之。予既印行《中国版画史图录》二十余册，一扫世人仅知有芥子园、任渭长画册之惑。乃复发愿欲选刊海内外所藏我国名画，抉别真伪，汰赝留良，汇一有系统之结集，以发时人之盲聋，而阐古贤本来面目，唯此是扛鼎之作，予一人之力万万不足以举此。居常与徐森玉、张葱玉二先生论及之，皆具同感，且力赞其成，遂议合力以事斯举。二先生学邃见广，目光直

透纸背，伪赝之作无所遁形，斯集信必有成矣。全书卷帙浩瀚，未易一时毕功，乃以葱玉韫辉斋所藏为第一集。葱玉为吴兴望族，袭适园旧藏，而十余季来所自搜集者尤为精绝，自唐张萱《唐后行从图》以下，历朝剧迹无虑数十百轴，皆铭心绝品也，元人宝绘尤称大宗，至明清之作亦抉择至慎，只眼别具，劫中尝思墨版辄牵于他故中止。今得印布于世，诚论述我国绘画史者之幸也。选纸择工之责由予负之，试印再四，必期惬心当意，久乃有成，装帧可期，不幸葱玉之藏适有沧江虹散之叹，尤惜楚人之弓，未为楚得，徒留此化身数百，流览仅资此，予所深有感于秦无人也。

中华民国三十六年七月七日郑振铎序

1949年新中国诞生。1950年，张葱玉接受了国家文物局局长郑振铎的邀请，来到北京出任国家文物局文物处副处长兼文物出版社副社长。1962年，国家文物局曾专门成立张葱玉、谢稚柳、刘九庵参加的“三人书画鉴定小组”，由张葱玉任组长，为国家做了大量的书画鉴定工作，当时除北京包括故宫在内的鉴定工作以外，还先后前往天津、黑龙江、吉林、辽宁、湖北、湖南、广东等多个省市进行书画鉴定工作，数量达一万余件。

张葱玉，由于见识多，古文献功底深，他认为鉴定中国书画的核心问题是确定书画的时代风格和个人风格。他曾说：“书画时代风格的形成，是当时的政治经济、生活习惯、物质条件等密切关联的，也就是说不能脱离它的时代背景。”并说：“不同时代的绘画也有不同的风格。古代绘画创作的操作方式也和元明以后文人案头作画的方式不同。唐宋以前，壁画盛行，画家们是站着画的，就是在绢素上作画，也多绷在框架上，立着来画，像今天画油画似的。大约从宋代开始，将纸绢平铺桌上的作画方式才渐兴起来。框架绷绢的画法后来只在民间画工中还沿用下去。”还说：“绘画自古就是为政治服务的，旨在‘成教化、助人伦’，‘指鉴贤愚，发明治乱’，所以首先促进了人物画的发展，而《女史箴》《列女传》等都是宣传封建礼教的题材。”在历史上，由于书画的摹仿、临学，造假现象极其普遍，而后学者因为条件所限无法接触到真迹，他们接触到的大多是一些较低层次的仿品，因此失去了学习基准作品的机会，鉴定的眼力自然很差。

例如，北宋的张择端《清明上河图》，画面壮观，人物众多，真迹当然只有一件，可是像如此复杂的艺术品，在民间的仿品甚至可以用多如牛毛来形容，许多人就是通过仿制品来学习的。如果基准作品是赝品，就根本无法鉴定。

张葱玉认为：“至于评价作品的艺术高低和精粗美恶，固然是鉴定工作的一部分，但是分辨它的真伪，更是这项工作的第一关。”在建国初期（即20世纪50年代末、60年代初期），张葱玉本准备花几年的时间，为中国古代书画的著录做好基础建设工作。按他的计划，准备收录的中国古代书画重要作品六千件，实际上他只完成了约二千二百余件的收录工作，此外，还要附录一部约收两万件的存目和书画家及收藏家的印谱。

然而，天不假年，一代艺术鉴定大师张葱玉，却于1963年因病仙逝，留下了他许多未竟事业。张葱玉是一座丰碑。今天，在他百年诞辰之际，张葱玉的盛名和他传授下来的鉴赏中国古代书画的思想和方法，仍然强烈地影响着中国文化的发展。其鉴赏中国古代书画的思想和方法也进入了现代化的书画鉴定的系统工程。百年后的今天，张葱玉对中国书画鉴定之贡献，对复兴中华民族的中国梦，意味尤为深长。

（于2015年8月）

寻访叶梦得遗踪

叶梦得（1077—1148），字少蕴，自石林居士，苏州长洲（今苏州吴县）人，是中国历史上有名的诗人、词人，亦是两宋时期集收藏、整理、研究与著述为一体的大藏书家。自南宋始，凡论述我国古代藏书家，无不提到先生之大名。当然其在功名上也有大成：自绍圣四年（1097）他考取进士而踏上仕途后，累官翰林学士、户部尚书、尚书左丞。叶梦得历宋神宗、哲宗、徽宗、钦宗、高宗五朝。“平生所历州镇，皆有能声。”先生无论在措置江防，团结军民，组织经济，抗击金兵等事业上均做出了很大的贡献。自北宋宣和三年（1121），即他四十四岁时，就选择了湖州境内的卞山作为其息影居住之处。时有王明清评说：“南渡以来，惟叶少蕴少年贵盛，平生好收书逾十万卷，置之霄川弁山居，建书楼以贮之，极为华焕。丁卯冬，其宅与书俱荡一燎。”丁卯年，即1147年，也就是说这一年的冬天他的家就发生了火灾，叶氏所藏之书因失火而荡之无存了，这无疑给这位花了毕生心血的藏书家以沉痛的打击，第二年他就离开了人世。这无疑是历史上许多藏书家的悲剧之一。

叶梦得逝世后，他的遗踪及墓茔向无定论。有说其墓在卞山朝南向阳处，也有人说在湖州的白雀乡园证寺之左。其实在叶梦得去世不久，南宋范成大在乾道八年（1172）12月19日，也曾怀有雅兴与当时的湖州太守薛士龙，一起乘船去寻找过这位大诗人的踪影。他曾说："过大岭乃至石林，则栋宇已倾颓……正堂无恙，亦有旧床榻在凝尘鼠壤中。堂正面卞山高峰，层峦空翠照衣袂，略似上天竺白云堂所见而加雄尊。……"

其实范成大去卞山寻遗踪时，也仅隔了二十多年，可他这次去寻踪却扫兴而归。这不禁使他叹喟不已："盖棺未几，而其家已不能有，委而弃之灌莽丛薄间。游子相与徘徊，叹息之不能去。"从这些话，也说明了自叶逝世后曾有许多人去寻踪过，但都一无所得。叶氏原居住处的卞山景色向以秀美著称，不是吗？范成大当年去过卞山后，就认为此山色比杭州上天竺更美而雄伟。

我从小便知卞山之美，但却从未有机会去领略。这次几位文友为了寻觅这位宋代历史名人，我们抛却了以往的各种记载说法，终于抽得两日闲暇，一路去寻觅与勘踏这位在湖州生活了这么久的石林老人的遗踪。

我们的寻踪队伍出发了，还特地找了一位电视台记者随行。车出湖城，先北行白雀太史湾，再东行十多里，就来到了卞山脚下。宋代周密《癸辛杂识前集·吴兴同圃》有云："叶氏石林：左承叶少蕴之故居。在卞山之阳，万石环之，故名，且以自号。正堂曰'兼山'，旁曰'石林精舍'。……"在群山环绕之中我们越过太史湾和大小玲珑山，当我们驱车约一小时许，从车窗远眺，这里满目皆是各色石头、石矿、石湾。到了山重水复疑无路处，我们下车，沿一沙石小道而行，两旁一片蓊郁林木，不远处就是南太湖之滨，只见一峰苍秀，云山烟水，林木中尚有几只白鹭在蓝天白云间翻飞。从未能细细品味的卞山，今日才真感到此山之奇绝而不可名状。难道说这里就是当年叶公在《岩下放言》里所记载的，是他当年与友人从这里出发同游湖城风光的石林佳景？

叶梦得诗人当年曾记录了这样的话："予寓居溪堂，当苕霅雨溪之会。适自山中还，葛鲁卿亟相过，因同泛舟。掠白蘋亭，度甘棠桥，至鱼乐亭。"这不说明了当年诗人在卞山所筑的石林精舍离苕溪江不远，他与友人常可泛舟同游湖城内的甘棠桥一带。可见先生遗踪就在我们的不远处了，但我们拐来拐去终难找到。于是，我们又驱车登上另一座山。定睛观此山，山也不太高，但满山翠草丛丛、山石峥嵘。不禁又想起叶公在卞山所喜诵的"秋云放雨山林静""山中有竹数千竿"等诗句。可这天我们问了居住在这里的许多老者和乡人，又跑了诸多个山村，同去的一位友人还特地用军事指南针度测方向，但到了天色已近暮色，还终无所得，虽山色恋人、流连忘返，只能罢归。慢慢回头，心中不免有些失望，但大家彼此相约：再找时间，重上卞山，继找叶氏遗踪。

过了数日，恰逢周末，我们又相约而行，沿着卞山之山脚迤逦而行，看到了费大学士的墓道，我们的心又为之激昂起来，因为我们想，叶梦得之遗踪也许就近在咫尺了。于是，我们又在绿荫遮天日的小山坡上四处寻找，忘了疲劳，忘了饥渴，也不知为了什么。兴许我们几位，希望能呼吸一点当年叶公在卞山上留下的石林仙气？抑或为了仰慕诗人那飘逸高洁、醉心山水、读书不辍之风度。遥想当年，在其最辉煌时期，那建在卞山上的石林精舍，有“承诏”“求志”“从好”等华美厅堂，还有“净乐庵”“爱日轩”“跻云轩”“碧琳池”等非常秀丽的景点。同时在这一带叶梦得又建“岩居”“真意”“知止”等休闲亭阁。可见这里凭借有山有水、清风楼下、草木苍然，吸引着文人墨客在此息影定居，你看，先生之堂前有小池，清泉泓泓，不远处那石林四环他自己辛苦建造的园林，枝头挂满了颗颗肥硕的杨梅、枇杷，“盛夏之际，十余里间，朱实离离，不减闽中荔枝也”。山上硕果累累，足见当年这里是幽雅和佳美的胜景。我想，如从湖州园林史发展来看，当年叶梦得建在卞山上的园林也算是最早了吧。其实我们今日倒反忽略了建在山上之园林。在漫长的封建社会里，中国向有“大隐隐于朝，中隐隐于市，小隐隐于野”之说，当年叶梦得在朝始终是怀有“用之则行，舍之则藏”。他进之为国所用，退则就隐于湖州之卞山，自种竹林，开垦田园，读书藏书，有时还与邻居同耕种、共欢乐。当年在这里著书释经，四方学士，闻风仰之。当然先生并非不要热闹人间，而是不取官场之闹哄、朝市之喧嚣，他需要如陶公的“结庐在人境，而无车马喧”，这是他真正向往的人生境界。今日的我们是否还向往这种境界呢？

那天的中午，我们在乡野吃饭，饭后便由这里的一位谢先生再带我们上山寻踪，因为他确信已寻觅到叶氏墓地。于是我们又迫不及待地重上此山。在满山的野草与林木丛中，我们随着他踏着被野草覆盖的一条条小路，真是皇天不负有心人，烈日下随他行行重行行，拐了几道弯，那位先生终于停步，忽然指点着那山坡小路的前方，叫我们向只有五六米远的地方看去：那丛木森森中就有叶氏的墓碑。于是我们大家爬上这小山坡，把遮着的林木与野草轻轻移开，那已经深深下埋的墓碑总算显露了出来，为了拍照，我们仔细辨识了那漶漫不清的墓碑上的字迹，呵，原来那不是我们苦苦追寻的叶梦得之墓，却是一处清代康熙年间为叶梦得之曾祖叶清臣所立的墓碑。虽没有夙愿以偿，可总算也有了一点小小的收获。大家的情绪有些激动，继续又寻到了墓道，以及就在不远处还竖立着的石人与石马。看到这千年山中文物，怀古与崇敬之心油然而生。

回程中，我们依依不舍，但见群山在远处环绕，卞山下的田野一望无际，这一带也有些山头，由于被开采而日显狼藉。然而，那些植被至今已被保护得很好的青山，依然很美，石状还是怪诡古朴、玲珑剔透、嵌空妆点，好似一道道南太湖的风景画廊。一路在车中，我遥遥在想：八百五十多年前，我们今日在苦苦追寻的这位石林诗人——叶梦得先生，是否就在此山上吟诗悠游呢？在这空谷中我似乎又听到了他在吟诵的诗：我亦故山归去客，与君分手暂流连，佳人休唱好因缘。

（2005年6月）

世界的眼光

——怀念周有光先生

还是那进行曲式的电话音乐，还是周有光家很有礼貌的徐阿姨（当然还有一位田阿姨），当我一如以往拨通周先生家的电话时，徐阿姨用平实的口气告知了一个令我惊诧的不幸消息。她说："周老（周有光）已于昨晚（2017年1月14日）凌晨三时多故世。他老就这样永远离开了我们！"

我从这位长期在周先生家做保姆的徐阿姨平实的口气中，听出了她对周先生去世的悲哀之情。在我的回忆里，周老的两位保姆，无论是徐阿姨乃或田阿姨，在待人接物上，均很有礼貌，这可能与待在周老身边近二十年，受到周老之文化熏陶有关。记得在萧山举行夏老的祝寿会上，我认识了一位与周老挺熟的常州朋友，经他介绍，才有了相识周老的机会，有了去周老家拜访的缘分。当时，我心中很有点紧张的感觉。那时周老已经是一百零六岁高龄了，听觉已差，我怎忍心去打扰他老呢？

但是，我还是决定去了。其实，周老是毫无禁忌的。那座东城区后拐棒胡同的老单元，四合院很小，没有门禁，只要说是常州的朋友，喜读他的书，二位保姆，总能帮你引见周老。

那天，也正是夏天三四点钟时刻，周老穿一件圆领衫，令人惊奇的是，他老皮肤嫩白，真好看，一如儒雅后生，脸色也荣光鲜明。甫坐后，便一股书卷气温馨向你袭来。他老很是健谈，问长问短，自然生趣而不使你生疏。当然，我不是来访记者，不会多向他提问题，只是多听他老谈生活中遇到的小事，有时是听他自言自语般回忆往事之类的东西。那日，我特地带一本他的书，请他签名，他也不推诿。总之，从我个人感觉，只要你喜欢读他的书，接受他有关各类知识的聊天，他是没有任何大学者架子的。从这以后，我打电话到他家，两位保姆，无论哪一位接，她们总能告知我周老日常生活的近况。而两位保姆也很耐心帮你。

说真的，我从来没遇到过一如周老对人对事那么的大度、乐观、豁达、睿智的大家且已经超出了百岁以上的老人。以前，我只是听我北京的姨夫曾彦修先生谈起过周老的一些往事。曾先生赠我《平生六记》一书，扉页上就有周老的亲笔题词，那么简洁的几个字："良知未泯"，2014年3月12日，时年一百零九岁。虽只四字之题，但已包含了多么广阔的期望与普世价值之深意。

1月14日下午四点左右，在我通电话后，约五分钟，一位声音敦厚的男子给我打电话，说："有一本周先生的书我会寄你！"我不知那位先生是周老家什么亲戚，兴许是周老生前的好友、同事。但从这电话中，我还是感受到周老先生家仍一如平常那样不慌不忙、处事淡泊。真有周老生前那种古气似的"爱闲静，念善事，抱孤念，有猛志，不流俗"的气质。

有人说，周老"50岁以前是银行家，50岁到85岁是语言文字学家，85岁以后是思想家”。也有说，周先生一辈子活出了别人几辈子的生命之旅。更有人赞他为“汉语拼音之父”，但他是不认可的。周老自己曾说：“读过我书的人，决不会把那顶桂冠，随便加在我头顶上的。”他一向坚辞所谓“汉语拼音之父”之名。他认为：“汉语拼音是一代一代人的研究成果，我只是总结归纳起来了。所以，不能是‘之父’，而是儿子，是中国人民的儿子。”

你看，这话说得多好！这说明周老作为一个具有良知的学者，他毫不在乎什么名分的东西，于自由与必然、道心与人心上，不分畛域的平和之思，只是追求无分东西、人类心灵上共有的精神理想。

还有，他坚持人类文化发展观，曾说：“经济方面：从农业化到工业化到信息化；政治方面：从神权政治到君权政治到民权政治；思维方面：从神学思维到玄学思维到科学思维。”这是多么简洁明了的人类进步发展的概括。

当然，对于周有光先生来讲，在我的心中，他之一生中，最令人尊敬、最熠熠闪光的，应是他善于观察世界前途和中国之命运。他坚信历史的走向，自有它规律的必然逻辑。在其一百一十二岁漫长的人生岁月中，他从未停止过追求新知、探索真理，这是先生最可贵之处。他的独立人格、自由的精神、符合现代潮流的民主追求的思想。

周老的全球化世界观，是他独具匠心所总结的“十六字诀”，即“不要从中国看世界，而是从世界看中国”！“否则的话，我们不是夜郎自大，就是坐井观天”。周老讲的十六字诀，对中国来说很重要，因为我们还正在艰难地穿越时空隧道，走出我们固有历史，享有世界上一切应属于人类的一切东西。

试想，如此的世界观，出自一位一百多岁老人。也许，于泱泱大国，百岁老人的群体中，庶有几人？后生孤闻寡陋，在中国近现代史上，能如此长寿又具如此高境界的学者，似还没出现过。

由于我对先生无限的敬仰，在14日午后的电话中，曾先后两次向周老表示哀悼。周老虽高寿而仙逝，是自然规律，非呜呼哀哉，但在我内心，还是为周老的突然离世而哀痛。因为，在周老一百一十二岁生日时，我还通过电话请徐阿姨转祝他老生日快乐呢。

回想，近一年中，每次我打电话给周老的两位阿姨，只是靠营养液在维持生命。约有半年，她们说周老自上次出院后仍很乐观，有时稍看点书，有半年已不太写字了。但周老于一百岁时，出版《百岁新稿》，一百零四岁时，他又完成了杂文集《朝闻道集》，表达一个百岁老人对世界的观察之思。一百一十岁时，他的两本新书《逝年如水：周有光百年口述》《从世界看中国：周有光百年文萃》（上、下卷）出版：一为回忆，叙说一名世界公民的百年成长历程；一为言论，传达一名世界公民对全球化背景下中国道路的思索。

想起周老五年前曾讲道："我们爱中国不能站在我们自己一个狭隘的国家立场上，要站在全球的立场上全人类的立场上来爱，这样才是一种大爱，如果只是站在一个国家的立场上一定会斤斤计较于某一个事情、某一个地方、某一些人，而不是站在更加宏观的立场上。”这说明他的爱国民爱世界，不是那么狭隘，具有了超乎于一般人的世界眼光。周老还说：“不能批评的真理不是真理，凡是真理一定是在不断的批评中才能正视自己的真理性，如果不让批评那就不是真理。”

据屠岸先生在追思会上说：“张允和大姐过世以后，有光大哥本来是非常悲伤的，但很快就平静下来了，他曾经跟我说过这样一句含有哲理的话：西方有一位哲学家说过，人的死亡是为后来者腾出生存空间，这样人类就可以生生不息，一代一代地传下去。亲人过世了，本来他是非常悲伤的，但是很快平静下来，原因是什么？对于死亡有一个真理性的认识，人总是要死的，生老病死谁能避开这个规律，要认识这个规律，人的死亡是为后来者腾出生存空间，人类就可以生生不息永远传下去。从这样一个观点来看待死亡对我来讲很新鲜，但又印象深刻。”

宋以敏老师在周有光追思会上的话，也说出了一个真理，他说：“‘走出中国历史长时间的影响并不容易’——周老身上闪耀着巨大的真善美光辉，超高的智者。真理总是朴素的，而表达真话的语言文字也一定是朴素的，周老不光给我们留下很多真知灼见，而且语言表达不仅朴素而且十分精准，和我们看到当前的现象形成鲜明的对比。凡是冒充真理，语言表达就是假大空，而且故作深奥。光是从周老的语言表达来讲，他留下来大量的著作，读到的人也是极大的享受，我们可以从他的表达里面获得道理。”

周老的每一本书，还有他的那本《静思录》，我在灯下曾读了好几遍。每次读他的书，我总折服于他能以最简洁的语言、最朴实的思想表达了“世界潮流，浩浩荡荡，顺之者昌，逆之者亡”。这体现了一位历史老人的锐利的眼光和巨大的智慧。

作为中国著名语言学家、文字学家、经济学家周有光先生，他虽永远地离开了人世间，但我想，无论从哪一方面讲，这世上再无他这样的、有如此目光如炬的大师，同时也再无这般生活上平朴、人格上高尚、品行上纯真的大写的老人。

我想，周老仅是一介平民，一位普通的老人，可“周有光”三个字，几百年后，他的“世界的眼光，海一般的胸怀”依然是我们民族的自豪！

让我们永远深深地思念他吧！

（于2018年1月）

沪江大学往事

——记丁武始先生

读了章洁思的一篇回忆妙文《丁景唐先生与我》(《文汇读书周报》2012年1月6日)受益匪浅，其中特别提到她写原沪江大学(现上海理工大学)解放初期的一些史料，以及丁景唐老当年就读沪江时的情景:“睡的宿舍靠近江边，有一扇天窗；那时我已经是地下党员，只是不张扬，隐蔽着。我还怀念教过我的朱维之教授。”说实在的，读了这样的文字，却引发了我的另一种遐思。

我舅公1924年入沪江大学，有些真实史料，可供后人记忆。这些往事，我曾听舅公讲述多次，但主要保存在他所撰的《八十三个春》一书中。这本自传体小书，国内未有，收藏于美国国会图书馆。该书，曾被澳大利亚著名作家尼尔爱白福特(NeilAppleford)评为:“一本最佳而值得看的书。它代表了二十世纪的一大环，证实了中国人爱家的美德，作者的勇而有为，乃其成就之代价，我希望本书亦能获得成功。”鉴此，这书中写沪江大学的一些片段，遂录出以供参阅。

舅公，丁武始，生于杭州。曾就读于杭州蕙兰中学，这是一所教会中学，也是当年浙江的名校。著名文学家、诗人郁达夫，曾在该校读过一年，胡兰成也在该校就读过。舅公四年毕业后，即考入了沪江大学，其回忆说：

一九二四年的夏天，实在令人鼓舞，我的父母亲，当他们获悉我已由中学毕业时，他们也很高兴。但故事却重演起来，我父亲写信给我，要我最好在上海找一工作。我答应他，我已决心进大学。他后知道我已获得沪江大学一年的奖学金，但其他费用哪里去找呢？由于沪江大学是一所贵族学府，他忧虑我在沪江大学的费用。沪江大学位于黄浦江的入口处，乃是上海市最远的地方。由于路途遥远，我必须住读。父亲是如此仁慈，他听从了我的要求，答应第一年时给我支援。此时我家经济情形，已略有好转。

我和蕙兰中学毕业的另外五位同学，同在沪江大学注册，这五位同学是：崔存麟、王恭行、乐俊鍱、俞永亨和范国梁。当时我二十岁，是一个快乐的青年。学校在黄浦江边，占地三百英亩，它是如此的美丽——宽阔的道路，青葱的草坪，巨大而美丽的花木，以及由美国巨富所捐助的巨大建筑物，如科学馆、妇女馆、李奇蒙厦、雅特斯厦、图书馆、体育馆、教职员宿舍、教堂和医院等。对我们由杭州内地来的人，真好像是天堂呀！

我们六名蕙兰中学，沪大对于需要金钱济助的学生，提供了在校内工作的机会，这使我的学校生活，较过去更容易。我担任打字员、教授的助手等等，赚钱来弥补寄宿费用。教科书非常昂贵，我向同学借用。因此，我在毕业后，我的书架上，便没有几本书。在我最后一学年，我在附属中学试教，同时成为教育学院院长——林卓然博士的得意门生。

由于舅公以出色的成绩毕业，以后就留校当助教了。

三月份的一个早晨，沪大校长刘湛恩博士叫我去，他对我说："武始，你现在不必去找工作，毕业后我要你留校，聘你为附中训导主任，月薪75元（大洋），并供给你校舍一所。"

就当时的物价水平，有住房一所，每月大洋75元，生活已非常不错。1928年，在沪江大学《年刊》第十三卷，有范国梁撰文专写此史事：

刘湛恩校长，于1927年2月接受沪江大学校董会的聘请，出任沪江大学校长，接替原任美籍校长魏馥兰的职务。当时，刘湛恩年仅三十一岁，他是我国近代最年轻的大学校长。刘校长认为学校不应专为中上层人士的子弟服务，也应面向贫寒子弟。在沪江大学设置了多种奖学金、助学金的名额，并大力提倡半工半读，以帮助家境贫困、学习勤奋的学生修完学业。他提倡职业化与贫民化教育。有的学生，因参加爱国民主活动，校方企图以不让毕业来阻挠。但校长与校方进行说理斗争，保证这些爱国学生得以毕业。个别学生寒假期间因路费困难无法回家，他让学生住在自己家中。他还非常关心这些学生毕业后的出路，为他们介绍工作。九一八事变后，他积极参加抗日救亡运动，被推为上海各界救亡协会主席。1938年南京伪政府成立，刘校长拒绝出任教育部部长，由于他抗日救国斗争精神特强，同年4月7日在上海却遭日伪暴徒狙击殉难。此事，曾引起国际国内群情声援。

诚如徐仲玉先生所说："刘湛恩的牺牲是'沪江'的不幸，也是'沪江'的光荣。"（见《刘湛恩纪念集》）

舅公从杭州去就学时，曾穿着长衫，一直到毕业前，才改穿了西装。这正如董桥曾说到夏志清在沪江逸事：到底是做学问的人，夏先生这位好莱坞影迷一点都不outdoorsy，在沪江大学读到大三才脱掉长衫改穿西装，难怪吴鲁芹先生那年对我说："穿过那一袭飘逸的长衫，这位耶鲁博士才读出了那么飘逸的学问！"

但我想，当年1924年进沪江的舅公是穷学生，穿着长衫是可能的，而晚我舅公二十年后才进沪江的夏志清，到他在校时，理应不穿长衫了。这种沪江大学的细节，可还得由丁景唐等那些老沪江先生们去做更多的细述和考证。

（于2015年）

记《书屋》原主编周实

今日翻理一些旧书刊，偶遇一册已没了封面封底的2001年第三期《芙蓉》杂志。好似一个专辑，其有周实的十个短篇小说。最后的一百一十页上，有周的很潦草的字迹写了一段话："伍立杨先生好！久未联系了，报告一事：我调离《书屋》了。《书屋》的编辑班子也全换。今后可能不给你杂写了。祈谅。顺寄上我发在《芙蓉》今年三期上的十个短篇，一点感受。如你无时间无兴趣，也可不看，没有关系的。谢谢你对《书屋》的支持。周实，2001年6月18日。"

据我所知，周实是在2001年7月辞去了《书屋》杂志主编一职，离开了他艰辛耕耘了近六个年头的那个平台，可以说《书屋》在国内外均是当年很有影响力的杂志，作为主编功不可没。

虽然，我与周先生缘悭一面，但他在《书屋》任主编时，时常也通通电话，当此刊刚办时，我读了几期后，给我感觉很好，无论写人写史写事都非常精准，有思想的高度，在我心中的分量，似不比《读书》低。我有一拙作，通知准备发表，但后来可能稿子挤，缓了缓，照当时调整班子时间推算，就在周实卸任前那两个月里。由于我看重这份刊物，后就把前面的合订本均一一邮购齐了。记得周先生新年时，寄来的贺年片，我感觉在设计文字上，均有独创，一拿到手就有浓浓的一股书香，向你袭来，心即刻有“静以修身”之淡泊，纵使你有急事心烦，也似可躲进小小的书屋，一颗心即宁静了下来。

再说说这十个短篇，的确那里的文字，充满了十个血淋淋的场景，意在控诉封建社会统治的残酷。中国古代社会以法律的名义，堂而皇之地施之于“罪人”种种酷刑，如大辟、孥戮、劓殄、活埋、沉水、火焚、炮烙、剖心、腰斩、弃市、枭首、凌迟等。虽说，直至晚清，接受了西方文明的法律，在法律上的改革大家沈家本，虽经过与当时保守派“礼法之争”的激烈论争，终于正式废除了那些延续了两千多年的酷刑，但也只是写在纸上的法律，其实未能彻底根除那些封建毒瘤。沈家本留下了一句名言：“我法之不善者，当去之。当去而不去，是之为悖。彼法之善者，当取之。当取而不取，是之为愚。”

我想周实先生的十个短篇，也是期盼着沈家本的那句名言，不是纸上谈兵，而是于现实生活中能真正实行。当然，周先生的小说，是否还有如下的寓意：无论好人（如屈原）、坏人（如李斯），还有那可怜的戚夫人，最终他们或她们，都毫无二致地走向了惨死的结局。这也像《红楼梦》中《好了歌》的“好就是了，了就是好”的一种再现。

我看周实的文字，无论他的诗、小说，还是随笔，有文采，有才华，更富于想象力。这十个短篇小说确是21世纪回顾以往几千年酷刑的一部绝唱。我想，当今之世，这样的作者，不多得，非周先生莫属！但也留下一个小说的命题：那几千年精神上的酷刑呢，可能更难描述？

读到周先生在《芙蓉》杂志上一封很潦草的短信，（而且我不知这份没有书封的杂志，从哪里来的）禁不住写下了这点小文，时间已过了十五年，一切已成过往的历史了。但无不可为周先生卸任《书屋》主编前后一个小小的纪念。

（于2019年9月）

芦苇中的烟火

——读阿滢

那日，在浙江的德清，这个山清水秀曾经出了俞曲园、俞平伯这样大家的地方，在匆匆与山东文友阿滢分手的一刻，他突然从小推包里，拿出了两本《秋缘斋书事三编》赠我，分手在即，旁边站着的是阿滢的妻子，以及已经八十岁的族兄郭涌与他的女儿。车子已徐徐开动，连签名也没了时间。那一刻之激动、相别依依、言犹未尽，那情景，我想只有留着让阿滢去描述了。我同《秋缘斋书事三编》的著者，是在这样的情景下，得到他的赠书；一如我与他的初识，也是在一种偶然的机缘下匆匆而来；如果没有北京桂苓选中拙文编入她的《旧影：一代孤高百世师》一书，那么我就无缘与阿滢识荆。

这两个月中，我慢慢读完此书。读着阿滢的书，回忆我们间的友情，就他的书缘与日记，略说几句。令人艳羡的是，作者多年来，始终心志不移地沉浸在书的天地中，淘书、读书，与名人或普通读者交流，每天不忘记下一些有意义的人生镜头。于是，生发出了这么多与书联结起来的各类美好的往事。这样的书事，终结集成册出版，我以为是极好的文人雅事，无论从哪个角度说，于人生的阅历与前途大为有益。特别是在浮躁虚空的日子里，读书至少在时间的刻度上，使我们的精神世界进入了另一种境界。如果借用资中筠先生的一本书名，我们坐拥的也算是“斗室中的天下”。

而在这些充溢着宁静的字里行间，我从中读出的，除了友情、书情，也许令我最为感动的是一些有关亲情的真切的记录。比如，他的母亲生病动手术，直到仙逝而去，作者谢绝了一切活动与会议往来，专心守礼。当读到这些日记时，禁不住使我想起了我研究的白采的诗。在这里我不妨录下一节诗，以飨读者：“慈爱的母亲 / 你漂泊的儿子又归来了 / 你给我不可推迟的恩惠 / 你的恩惠不望报酬 / 除是母亲，有谁真爱着羸弱的儿子 / 越是别人不爱/在母亲越是贴心贴意的爱着 / 我宁可被众人的遗弃 / 只要永久蜷伏在母爱的幂下。”（见白采《羸疾者的爱》）真的，读了阿滢的有关日记，很自然让我想起了白采的诗文。虽然时间已早过去了半个多世纪，但人间的爱是不受时空所限。

我认为阿滢的日记体书话或称书事也好，记人记事，记掌故记细节，大都不长，能三言两语表示出来的，尽力为之，这确是一种很好的语体，颇值我学习。唐弢先生曾在《晦庵书话》中说：“有的人认为写得太短，而他，还有周遐寿（周作人）先生，都曾写信给我，对那些短文表示好感。”而这部《书事》三月二十三日所记，就是一个例子：“报告文学集《闪光的足迹》终于定版了。五百二十页，收入这些年来的《泰山周刊》和《农村科技导报》上发表的报告文学一百零四篇，很厚实的一部集子。编这本书，也是这些年来对我们支持过的单位和个人的一种回报。”如三月二十五日所记，也是短文：“对秋缘斋书事做最后一次校对，累得头晕眼花。湖北《书友》报社，寄来稿费四十元。”简洁明快的语言，说不尽的道不完的那些琐事的记录，似尽在不言中，留下了的空白，让书友们自去填补遐想。

我想，这种朴实而真切的文字，颇能让读者喜读，因为他有动人的力，有书事人情流动的一种清新的活气；也许有人认为，这样的文字太平常，总得弄出点花样，说出点哲理来，其实，讲花样乃或所谓哲理的文章，于当下的思维定式、语言环境，大多是在一种司空见惯的套话空话的模子里铸造出来的，读之，有让人吃肥皂的味道。但阿滢于《秋缘斋书事三编》里的记录：“读之但觉亲切有味儿。”也诚如郭云飞先生所云：“因这书痴的事迹有时竟比他们所钟爱的书更有色彩，更有可堪回味之处。”

我想，作为泰山之子，齐鲁文化虔诚修炼者之阿滢兄，其爱书、读书已入如痴如狂之境，虽古今中外，记这样的事多多，惜大都湮没不彰，但我想一如秋缘斋主这样的书事、书话、书记，终会长存下去。一因齐鲁泰山之遗风尚存，一是阿滢兄长期对“精神家园”的执着追寻。

我自与阿滢神交到零距离的接触，迄今一条山东汉子的形神，常在我脑海盘旋，拂之不去。他对每一位书友，如遇每一本善本珍籍，总那样付出真情实意，真的，从他身上，无形中让我体会到了对泰山的仰止，更感受到了孔子所云：“君子之德风，小人之德草，草上之风必偃。”那种由社会读书人倡导的美好思想与价值观，也许一如山东阿滢这样的人多了，这般的文明之风，于大众无形的影响，渐能蔚然成风，夫子遗训之“必偃”，才能真正付诸实现。

我期待着这样的君子之德百姓之德，以支撑我们中华文化的复兴之路。

（于2005年8月）

把栏杆拍遍

我常常思念梁衡学兄，但也有多年未见他了。自那年在南浔参加全国散文大奖赛，文坛泰斗柯灵和他来了，那晚同观文艺演出并促膝谈文直至深夜。凡他写的书及他所撰文稿，无论刊在何处，我总要找来拜读一番。其中也有他刚撰毕的未刊稿。他念旧情，寄我先睹为快。一别多年，梁衡为人为文、声音笑语，浑如眼前……

记得少年时，读邓广铭《辛弃疾（稼轩）传》，并背诵稼轩词，无不为中国历史上曾出现过这般文功武略的英豪，这样杰出的词人所折服。但也时时为他的壮志未酬、慷慨悲歌所叫屈。

时下多莺歌燕舞，风花雪月之文，可有一家日报副刊刊出了梁衡美文《把栏杆拍遍》，一气读完后，确发人深思，耳目一新。如此天地乾坤的阳刚之文，这般字字珠玑的五千言长文，已经许久未读到。梁衡的名字，读者并不陌生。他的《晋祠》一文早已载入中学课本，在他铸炼的笔下，诸葛武侯，令人沉思；永恒的范仲淹，令人崇敬；《觅渡，觅渡，觅何处?》一文中那瞿秋白的身影，令人扼腕；那浅酌低吟的柳永，叫人辛酸！今日梁衡的妙笔，又给我们送来了一个山东汉子——一个论武有武，论文有文

——“闲愁最苦”“脉脉此情谁诉”的忠贞不渝的爱国者——辛弃疾。

梁衡写辛弃疾，和他写其他历史人物一样，文章写得既深沉，而又颇具气势，读后使人感到新鲜而又别致。他引用了辛弃疾从1161年至1207年，这四十六年间从不同时间中抒写的词，用夹叙夹议形式，向我们反映了一个南宋杰出的爱国志士襟怀坦荡、壮怀激烈的一生。他在《把栏杆拍遍》中引用了《永遇乐》一词，把辛弃疾一生命运中没有遇上人生的甜美之事、顺达之志，而出现“艰辛”“酸辛”“悲辛”“辛辣”等充满坎坷的遭遇表达出来，深感世事的不公、不平。如梁衡在文中所述“历史的风云、民族的仇恨、正与邪的搏击、爱与恨的纠缠、知识的积累、感情的浇铸、艺术的升华、文字的锤打”才产生了辛弃疾这么一个知识精英。当历史的长河流淌了近千年后，梁衡又重新为我们用他的饱蘸深沉的笔调，描绘了一个至今还有历史和现实意义的辛弃疾。辛弃疾本人作为一代词人，其无与伦比的军事天才在梁衡《把栏杆拍遍》一文中可谓展露得淋漓尽致。

然而，梁衡所描绘的辛弃疾，并未因为被南宋朝廷“时用时弃”抑或长期在家赋闲而超然物外，他依然怀有“位卑未敢忘忧国”的一腔赤子之心，在他所到之处竭尽全力为一方百姓做一番地方事业。如他所赋的《水调歌头》一词中就留下了这样的词：文字起《骚》《雅》／刀剑化耕蚕／看使君／于此事／定不凡／……莫信君门万里／但使民歌《五袴》／归诏凤凰衔。

辛弃疾未被朝廷重用，但他关心百姓。他在《浣溪沙》一词中说：我辈情钟休问／父老田头说尹／泪落独怜渠。又如：

父老争言雨水匀／眉头不似去年颦／殷勤谢却甑中尘。农民赖以生存的谷物的丰收或歉敛，农民愁眉或笑语，便是他更关注的问题。而他自己被人随意摆布的命运，只能以歌词流露出那些个讽刺、牢骚和愤慨：还自笑，人今老／空有恨，萦怀抱／……濩落我材无所用／易除殆类无根潦／……不向长安路上行／却教山寺厌逢迎／味无味处求吾乐／材不材此过此生！

辛弃疾对于国家和民族命运的忧思，他对南宋腐败的讽刺和指责，在他倾注心血写成的《美芹十论》和《九议》中也有所表露，他把真知灼见奏诉朝廷，但始终被朝廷搁置，从宋高宗到宋孝宗，均未被理睬，他一生，朝廷一直把他当作“归臣”对待，那些殚精思虑和他的生命一样均被白白浪费。这位南宋杰出将帅和词人终因“一番风雨，一番狼藉……／庭院静，空相忆／无说处，闲愁极”。在“仰天长啸壮怀激烈”中度过了六十八个春秋。于宋宁宗开禧三年（1207）八月，辛弃疾病逝于铅山宅第。可叹可笑的是在他病死后，朝廷又因战争的一败涂地，急忙起用辛弃疾，然而朝廷的这道敕令，送达铅山时，辛弃疾却早已告别了人间！辛弃疾在死前三年的六十五岁时曾感叹说过，当时的朝廷置若罔闻。他说：“使稼轩得用于隆兴之初，可以大展其军事才能，使稼轩得用于乾道年间，可立不世之大功。而今竟使稼轩专以词人被称以后世，可悲，可悲也！”一切已无法追回，人间的爱国悲剧已酿成，只能由历史去终结，让后人来评说！

南宋朝廷把一个忠义奋发的爱国志士，一个有杰出文才武略的辛弃疾长期闲置不用，抑或时弃时用，我想在南宋历史上，不乏其例，确令人痛心扼腕。但历史是累积的，无法抗拒其规律，终于有一天，历史的车轮滚到了1279年（距辛弃疾死后七十二年），人们看到那个腐败的偏安一方的南宋小朝廷在“商女不知亡国恨”的一片歌舞升平中，南宋封建王朝终崩溃了，它是在不断“违反规律”时，同时也惩罚了自己！

叶嘉莹先生的《论辛弃疾词》为我们题了绝句，可基本概括辛弃疾壮烈一生：

少年突骑渡江来，老作词人事可哀。
万里倚天长剑在，欲飞还敛慨风雷。

读《把栏杆拍遍》一文，我们感谢梁衡先生为读者送来了中国历史上那么一个杰出的爱国志士，蕴含在文字中那种激越慷慨的语言文字，以及那种能使人振聋发聩的心灵呼声，将对人类历史起着启迪和鼓舞的作用。无疑我们的心灵被深深打动，并受到一次深刻的艺术感染。

（于2003年9月）

戴季陶的恋祖情结

酷暑炎天，断断续续地读了几本有关戴季陶的书，其间，也和余方德先生谈及了这方面的一些史料。在阅读的过程中，我总发现作为国民党元老的戴季陶，他为人文采风流，政治奋发雄盛，文章热情慷慨，充满着传奇而又复杂的一生。但他的另一人生之侧面，又表现出那一介书生多情而又柔弱的一生。特别是我感到他对先祖的情结之深，确实有别于其他元老的。

他出生在四川广汉县（现广汉市），是四川成都往北的一个重镇，就是古代的汉州城。清嘉庆年间付梓的《汉州志》是这描写此地的："连山环拱，耸半壁于东南；沱水潆洄，跨长虹于西北。地当孔道，势巨上游，作诸郡之臂膊。"清光绪十六年十一月二十六日（1891年1月6日）戴季陶就出生在这里。戴季陶在四川广汉出生时，戴家已在那广汉地区定居了百年之久。至戴季陶这一辈，正好已是第五世了。虽在四川有百年之久，但戴家对其先祖曾经落脚之地的太湖之滨，却始终怀有眷恋不已的感情。这从以下一些情景便可做一史料记录：

对戴季陶一生影响最大的是他的祖父戴廉和大哥戴传薪。据说在他祖父一路风尘仆仆从四川赶往吴兴修祖坟，对祖宗行完三跪九叩之礼后，在返回四川广汉时，正好是戴季陶刚满月。而就是这样的一刻，出生以来第一次见到祖父的戴季陶竟然大笑起来。这一笑，不知怎的，戴季陶一生都很看重祖先之地吴兴。而对生他育他的广汉的感情倒不如那早已迁移了近百年的吴兴之情了。如我们从他十六岁（1905）时离开四川广汉，到1949年2月12日在他离开世间的四十三年生涯中，他对四川不过如此，而对吴兴的先祖之恋，却几乎始终如一。在他从政生涯最困难之际，他都要回到吴兴居住。戴季陶在公开场合，始终把自己说成："我，是蜀中野人也！"这话说出了戴家虽在四川广汉生活了百年之久，但一种怀乡、祭祖之情在戴的心中是非常浓烈而持久的。

其实，戴季陶的先祖和南浔张静江的先祖是同一个地方，即安徽徽州府休宁县。后都迁入了湖州府的吴兴县。从今天许多史料可佐证戴季陶先祖在休宁也是属于名门望族。但戴家到了吴兴后，不知为什么没有像张静江那门家族发扬光大，反而是门庭衰微。到了清乾隆末年，他的高祖戴闻天只能一个人独自流浪到了四川汉州开县一带为人帮工，勉强度日，生存条件之恶劣可想而知了。帮工的生活，到处流浪，艰辛度生。几经辗转从川东闯荡到了汉州。终于他在那里得到了一个浙江老乡的帮助，便做起了瓷器买卖，这便是戴家创业之始。挑担买卖，孤身一人，饱经风霜。至高祖时终在四川成家定居下来，慢慢建立起了家业。历史记录了戴家在四川的发家史，而太湖南侧的吴兴却记录了戴氏家族的恋祖史：

1911年春戴季陶和吴兴的钮氏家族的闺女钮有恒结婚了，还来不及度蜜月，《天锋报》文字狱起，清政府要逮捕戴季陶，戴去了日本长崎住了两星期。后潜回上海，但风声仍紧，戴季陶便生恋祖情结，到湖州云巢山的古梅道观过上了出家人生活。那时云巢山上正是“木欣欣以向荣，泉涓涓而始流”的美好季节。这是戴季陶第一次到先祖们曾居住的家乡生活。那也正是江南草长，群莺乱飞，这里的大自然杂树生花，明月清风，道家般的生活，真使他陶醉不已。

第二次恋祖是1918年秋，戴季陶又举家迁回湖州，寄宿在松雪故园莲花庄内。那时也正是革命低潮时期，他与张静江、胡汉民等党人一起在湖州寄情于先祖家乡的山水美景之中，度过了这样的人生低落时期。

中国早期宣传社会主义学说有称南陈北李之说，当时有影响的宣传马克思学说的三股力量，其中就有陈独秀领导的新青年社，和当时上海主编《星期评论》的觉悟社，主编是戴季陶、沈玄庐。当时最有名的《共产党宣言》就是戴季陶主编的《星期评论》约请陈望道于1928年翻译和传播的，这在当时是非常了不起的。戴季陶自己也翻译了考茨基的《马克思资本论解说》，在当时的《建设》杂志上连载。他自称是“天仇时代”（戴季陶又名戴天仇）。还写了这样鼓动性的诗句：

在金和铁炼成的囚笼里／劳动大众／发出了一个声响／我们要劳动……

虽然，戴季陶参加了初期的建党活动，但当中国共产党成立后，他对社会主义学说就表现得恰似叶公好龙，不敢真正加入这个先进的组织。

1922年6月戴脱离了共产主义小组，在广州跟随孙中山参加护法活动。但他那时的内心正处于复杂矛盾、思想也仍处于两者之间的徘徊状态，在广州他也是心猿意马。于是他又生起了一段思乡的情结，匆匆称病回浙江吴兴，在湖州的“潜园”过起了世外桃源的隐居生活。这是戴季陶的第三次来湖州先祖曾生活过的地方。

1924年10月，正是孙中山与共产党合作时期，戴季陶曾三度入粤三度离粤，第三次离粤后回到上海，他显得有些悲观失望，他干脆往来于上海与湖州两地居住，而大多在湖州居住。因这段时间他在湖州正可静下心来，开始整理、研究孙中山三民主义的心得与体会，并且在湖州萌发了整理与阐述孙中山全部思想的计划。这是戴季陶第四次恋祖情结。他有一篇《到湖州后的感想》是发表在当年的《建设》杂志第6期上，至今值得我们一读。1930年，戴季陶还在湖州的后林木桥头，创办了“后林小学”，都可视作他对湖州一片诚笃之情。

到了1931年“九一八”事变发生后，由于蒋介石采取了不抵抗政策，群众纷纷冲击南京国民政府，当年的12月下旬，戴季陶未经准假就甩手离开南京，他又回祖籍湖州。住了四个多月，于1932年3月返回南京政府上班，后迁洛阳办公。这是第五次。

抗日战争爆发前夕，1937年的4月戴季陶原有的神经痛旧疾复发，不知怎的他易地迁居南浔，借住张静江家的尊德堂内的寓所，调养数月后回南京汤山望云书屋。这是他最后一次恋祖之情了。

戴一生著述勤奋，著作恢宏，现存有三百多万字，但现存戴季陶最早的文字，便是他于1911年冬写给张静江、蓝大蔚、黄复生、陈英士、杨谱笙等人的五封信，这是辛亥革命极其珍贵的原始史料。我们今日读到戴季陶复康白情一信，题为《革命，何故？为何?》，有在年轻时对革命充满壮怀激烈之词。

戴季陶，在蒋家王朝覆灭时，多少人劝他离大陆去台湾，作为党国元老的他是轻而易举之事，可他却十分坚决地回绝所有的劝告（包括蒋介石在内），并坚定回答说："不必去！"他最终留在了大陆而未去那孤岛台湾。

虽说他未能魂归故里，但他避免了那种"葬我于高山之上兮，望我大陆；葬我于高山之上兮，望我故乡"的遗恨和遗憾。我想，这也许和戴季陶一生对祖先那份眷恋之情有关。

（注：对于戴季陶一生复杂的经历，可参阅唐文权、桑兵编的《戴季陶集（1909—1920）》和余方德《戴季陶传》）

（于2009年6月）

也谈沈雁冰（茅盾）二三事

读钟桂松先生10月1日《笔会》上的关于茅盾的文章，就自然想起茅盾在党中央办报的史事。当年中共机关设在上海，其机关报，最早的《共产党》月刊，于1920年11月创刊。那时共产党还没有正式成立。至1922年，召开党的二大，《共产党》月刊共出6期后，决定停刊。1922年9月13日，作为党中央机关报的《向导》周报，在上海创刊发行，作为全国性的政治机关报。每星期三出版，半公开发行，开始发行几千份，最多时达到十万份，1927年7月停刊。

为“国民革命”运动而创办的刊物《向导》周报，其实就是中共成立后的一张正式党报。每星期三出版，十六开四版，以政论、时评为主，蔡和森担任主编。而沈雁冰亦是这张党报的办报人之一。1925年1月，中共四大充分肯定了《向导》通过几年的奋斗终于“得立在舆论的指导地位”。

对此，沈雁冰（茅盾）曾有过这样的回忆：“1925年12月，在国民党上海特别市党员大会上，我和恽代英等五人被选为出席在广州召开的国民党第二次全国代表大会的代表。1926年初，国民党‘二大’闭幕，毛泽东当选国民党中央执行委员、代理宣传部长。……会后我任宣传部秘书。毛是我的顶头上司，我就住在他家里。毛泽东出外视察，由我代理宣传部部务。当年毛要秘密前往湘粤边界韶关视察那里的农民运动，向国民党中常委‘因病请假两周’。因此中常委会议决定，在毛泽东请假期间，宣传部部务由沈雁冰代理。那时部长之下就是秘书。”从茅盾的这段回忆，我们可窥其早就是中共在宣传部门的领导者和实践者，茅盾亦是党内宣传战线上的资深报人。

当时，党内还有一张《热血日报》，是五卅惨案发生的第二天，即1925年6月4日，在上海创刊的。《热血日报》共出了二十四期，到1925年6月27日被迫停刊。（1980年人民出版社出版了它的影印件合订本，国家图书馆对其进行了收藏）它是中国共产党创建的第一份日报。这可以说是一份如同五卅运动一样让人热血沸腾的报纸。当时的主笔是瞿秋白。他曾说：“这个世界有什么公理呢？解决问题的，只有热血!”《热血日报》分工合理，经费充足，该报八开有四个版面，内有社论、国内要闻、国际要闻、紧要消息等栏目。

当然，属于党开展工人运动的还有“国民通讯社”，它属于中国共产党在上海最早创办的通讯社。那时设在闸北香山路附近。通信社和报社同在一处办公，同是几个人负责。与此同时，还有《公理日报》的出版。那也是五卅运动爆发后，茅盾直接投身于群众革命运动的结果。6月，他和郑振铎等创办了《公理日报》，那是商务印书馆印刷所印的，商务当局拿出办报资金一万元，主要的编辑还是沈雁冰，还有沈泽民、何味辛。张伯简管发行，而

《公理日报》的发行所，在郑振铎的家里，沈雁冰虽是党内同志，但他的公开身份是商务印书馆的编译。

据沈雁冰（茅盾）后来自己的回忆："1920年7月，陈独秀、李汉俊、李达、陈望道等发起成立上海共产主义小组，10月，李汉俊、李达介绍我成为共产主义小组一员。1921年7月中共一大召开，选出陈独秀为总书记，我编入中央工作人员支部。为了便于掩护，我任职的商务印书馆编译所成了党中央的联络站，我被任命为党中央直属联络员，主要任务是保持各地党组织与中央的联系。凡外地给中央的信件报告，都寄我转中央。用'锺英'作为党中央的化名。那时我收到的'沈雁冰先生转锺英女士台展'，一般人以为这位锺英女士是沈雁冰的情人，我想就让他们想去吧。也有'沈雁冰先生转陈仲甫先生台启'的，陈仲甫先生是谁，人们并不注意。"

可见，沈雁冰当年工作虽在商务任编译，其实他工作性质就是搞党的联络与办报搞宣传工作。只是沈不必天天到党中央来坐班而已。当时，《热血日报》的销路，超过了《公理日报》，印刷厂印出几乎供不应求，但二十几日后，被巡捕房发现，老板吃了二天官司，工厂被封，罚款了结。印刷厂勉强印了一期，以后《热血日报》就停刊了。此报社论，几乎都是瞿秋白一人手笔。郑超麟和沈泽民，写一般的论文，兼编区委和总工会交来的新闻，何味辛专编辑新闻，有时仿《十八摸》《孟姜女》一类小调，写些反帝国主义歌词。

到了上海"暴动时代"，党的军委工作特别扩大，周恩来成了其中的重要人物。杭州响应北伐军的暴动，是军委的工作之一。由于党的工作人手不够，又调沈雁冰来做“消息科”主任。除沈雁冰外，都住在同一屋子。但是，沈雁冰每天总会来几个钟头办公。

当时作为进步作家队伍，文学研究会里一些作家，与中共一些人员接触较多，例如沈氏兄弟，就是大家的同志。自然，当时他们不以文学家资格同大家接近。如有一次，沈雁冰和蒋光赤两人，在福生路宣传部房子里谈文学。雁冰说了些不满意创造社的话，蒋光赤则替创造社辩护。当沈雁冰走后，蒋光赤说：“他算什么文学家!不过介绍些外国文学罢了!”（见《郑超麟回忆录（1919—1931）》）

沈雁冰，那时的确只是“外国文学介绍家”。但他是中共党内的老同志，曾担任过上海地委书记。还任商务印书馆支部书记，他做上海国民党工作，努力而忠实。当时，沈雁冰也在中央宣传部，担任一点工作。

武汉失败后，1927年7月后，汪精卫组织“分共会议”，公开叛变革命，茅盾便撤离武汉，准备参加南昌起义，抵九江后因路途阻塞，经牯岭回上海。这时，又遭国民党反动派通缉。从此，他开始以“茅盾”为笔名，进行文学创作和其他文学活动。

沈雁冰回到上海后，无形中脱离了党，专门从事写作。沈雁冰一篇写牯岭之文，其中的“云郎”还是以宋云彬为人物形象的。当时的沈住在窦乐安路景星里，每天从事小说的写作，不接触任何来访者。甚至一两个月不出家门。当时沈雁冰大量的小说发在

《小说月报》里，始用“茅盾”为笔名。

1927年9月，发表《幻灭》，至1928年6月，又先后完成《动摇》《追求》——即三部曲《蚀》的创作。

1928年7月，他离上海去日本，先住东京，后迁京都。客居日本期间写有长篇小说《虹》（未完）和一些短篇小说、散文诗作，以及《神话杂论》《西洋文学通论》和《北欧神话ABC》《中国神话研究ABC》等著作，《从牯岭到东京》《读〈倪焕之〉》等论文。受当时左的思想影响，《从牯岭到东京》文章，在李立三当权时代，还受到党内的批判。

茅盾从日本回国，及参加抗战，新中国成立后的生平，钟桂松先生的传记已经写得很详细深入，不再赘述。茅盾一直留在党外，为中国的文学事业贡献力量，直到1981年3月27日，茅盾病逝于北京。临终前，恢复他的中国共产党党籍，党龄从1921年算起。

逝世后，他用自己的积蓄，设立文学奖金（后定名为“茅盾文学奖”），奖励优秀的长篇小说创作，这无疑是他留给中国作家们的福祉。

对于报刊之定义，我国著名新闻史专家、中国人民大学新闻学院方汉奇教授指出，我国早期的报刊在界定上不是那么清晰、严格，过去有些一旬出版的刊物（如《清议报》）、半月出版的刊物、一个月出版的刊物，在今天看来都应称为“刊”，但当时都叫“报”。后来，我国新闻界才逐渐对“报刊”有了比较明确的界定和区分，一般把出版周期在三天以上的称为“刊”，把出版周期为一天的称为“日报”，我们今天所说的“报”多指“日报”。从中国新闻报刊史来看，中国共产党办的第一个党内刊物是《共产党》月刊，中共中央第一个机关报是《向导》周报。

关于茅盾的研究，茅盾研究会人员已做了大量的研究。其中钟桂松先生编辑了《茅盾全集》，还撰写了关于茅盾的几种书籍，已先后出版。我只是写了其二三事，余不必再赘。

（于2015年12月）

卷二　书话

读宋版书五记

从皕宋楼到静嘉堂

一百年过去了，百年一瞬间；人世间发生的多少人事兴废，乃复归于平平淡淡。但在世人的心灵中，湖州的“皕宋楼”和东京“静嘉堂”这两个分别相距三千多公里、天各一方的藏书之地，总那么地神秘而令人神往。百年间，有多少关心中华民族藏书文化的政要、志士、学人、专家，曾想方设法去窥探它、研究它，以期拉近两地文化的相隔之遥，然总未能实现前人之夙愿，这无不令当年的张元济先生为之扼腕叹息。而2007年正是百年历史的回眸，百年沧桑，显得那么悠长而深远。

今夏五月，正是东京杜鹃花盛开之际，是皕宋楼藏书流入日本的第九十九个年头，我们有幸从皕宋楼到东京的静嘉堂，去交流、去考察、去读书，而静嘉堂文库长之好客与热诚并赠了我们许多珍贵书籍，让世人关注了一个世纪之久的时空隧道，终因在接近百年之际而敞开。也许，这便是百年藏书文化历史之转折，真可谓潮流日新，莫此为甚！

静嘉堂文库之“皕宋楼”旧藏，原湖州陆氏所藏，时称有珍稀宋刊本二百种，故取名“皕宋”。实际所藏宋版书，约一百二十种。当然，有学者说，在陆氏旧藏宋版运往日本前，已有几十部宋版书，当时已由陆氏家族捐献给了清代国子监，如此说来，陆氏皕宋楼有二百种宋版，亦非妄说。

在现有文化典籍中，原皕宋楼中的北宋刊本，最为稀见，其价值之贵重，国内仅存寥寥。譬如我在静嘉堂读到原藏于大明宫内的《白氏六帖事类集》，可谓硕果仅存。此书刊于北宋仁宗年间（1023—1063），距今已有千年，现完好保存在静嘉堂文库，足见人世间书魂之悠长。全书一百卷，书中将唐以前之经籍史传及杂书中的成语故事、典故、词语及名篇佳句，分门别类地抄录集成，可供作诗文时查检辞藻之用。全书以天、地、日、月、星辰、云、雨等分卷写成。其分细目，子目达一千三百多个。

在此宋版卷首，我目睹清末四大藏书家之一的陆心源先生亲手所写之识文：“盖仁宗时刊本也”，“盖北宋时旧式，至南宋而无此式矣。”白居易所编撰的《白氏六帖事类集》，原名《经史事类》，又名《事类集要》等。《旧唐书·白居易传》关于白居易文稿记载曰：“有《文集》七十五卷，《经史事类》三十卷，并行于世。”《新唐书·艺文志》著录中，也把《经史事类》称之为《白氏经史事类》，下有注曰：“又名《六帖》。”陈振孙《直斋书录解题》说：“《醉吟先生墓志》云：又著《事类》三十卷，时人目为《白氏六帖》，行于世。”

唐代诗人白居易（772—846）编撰的这部书，流传至唐末，其书名已经三变，至宋，有晁仲衍为之作注。现静嘉堂文库藏本《白氏六帖事类集》，是一个白居易的原著与晁仲衍作注的合刊本。此书无疑是《白氏六帖》事类集的初刊本。迄今，在文献学与版本学上的价值，至为稀罕宝贵。此书原藏明朝皇室宫内，卷中有“文渊阁印”章。据考这珍贵文献，可能于明末战乱时，从宫中散出。终几经转折，归藏于皕宋楼中，卷中有“臣陆树声”等收藏印记。

白居易编书，向有自己的特点，据说他在编撰别集时，总是采用分类编排的方法，将诗歌分为讽喻诗、闲适诗、感伤诗、杂律诗等类别，做到分门别类、经纬分明。如白居易所编的这部《白氏六帖事类集》事类集更是分类编排的，据宋黄鉴《杨文公谈苑》：“人言白居易作《六帖》，以陶家瓶数千，各题门目，作七层架，列置斋中。命诸生采集其事类，投瓶中。倒取之，抄录成书。”可见《白氏六帖事类集》在最初搜集资料时，就开始以各类别汇集。另外，白居易在编撰此文集时，也很重视序记的撰写。除了《白氏长庆集》由元稹作序外，其余各集均由白居易亲自写序。他写的序有《因继集重序》《刘白唱和集解》《东林寺白氏文集记》《圣善寺白氏文集记》《苏州南禅院白氏文集记》《香山白氏洛中集记》《白氏集后记》等。序文说明此书内容、编撰经过、编撰时间、编撰地点、卷数多少等，成为全书不可或缺的重要组成部分。

综上所述，白居易既是唐代著名诗人，又不愧是一位著名图书编撰家。他的著作之所以千古流传，与他的传世意识、精品意识等密不可分。原陆心源所藏，现存静嘉堂文库的唐代白居易的《白氏六帖事类集》，除对白居易留下的记事史实可做研究，而且留下了古代图书编撰的经验，这份宝贵遗产，值得后人继承。而此书今尚存于世，岂不令所有国人欣慰！因为，加深对古代文明的认知与理解，是现代和古代双向对话与交流的最好方式，也许这便是宋版书珍贵及其魅力所在。

这保存千年、价值连城的珍稀古籍，是我们在那树木葱郁、溪水潺潺、坐落在东京西郊静嘉堂内静静地读到的第一部书，可算是“静嘉堂读书记”的开篇之文。（因为我们这次的东京之行在静嘉堂计读了国内未藏的宋版书约七十多部，可谓国内学者从未有过之盛事）呜呼，从1907年到2007年，这百年近代史上的藏书文化所走过之轨迹，从皕宋楼到静嘉堂，读书界、收藏家们所关心的百年兴衰往事，今日我们无不可视为中日文化交流史上的一本大书来读。我想，一部已绝版的古籍，千年的历史，已蕴含其中，而这样的历史，正是我们理解今天与未来的一把钥匙。

宋刊本《尔雅疏》今尚在

我在日本静嘉堂读的第二部书是《尔雅疏》。这部原吴兴蒋氏所藏宋版书至今尚在，如今存放在静嘉堂专为“重要文化财”所设的二楼文库。说起这部书，还得从《尔雅》说起。《尔雅》是我国最早的一部依词义编排的词典，为儒家十三经之一。所谓“尔，近也；雅，正也”。就是说这部书“近于通语正音”之用，相当于一部官话通解词典，此书原为教育所用，静嘉堂文库在《中国宋元时代的版本》书目中，把它列入“中国古代的字书”。《汉书·艺文志》把此书附于“孝经类”中，有《尔雅》三卷二十篇之记，其实只有十九篇。原书未署作者名，有说是周公作，也有说是孔子的门人所作，但大都认为是秦汉之间的作品。一部最早的古代词典，为了使学生正确理解经义，辨析四方名物。书中辑录了大量的古代词语，加以整理、解释，开创了我国词典的先河，确对后世有很大影响，也是我们研究先秦词汇，阅读古书的重要参考资料。《尔雅》不仅解释词语，还包含了广博的百科知识，描述了古代社会的面貌，反映了当时对天文、地理、生物等方面的理解，所以是我们研究当时社会生活、思想状况的重要史料。而后至晋，由郭璞对它进行了注释，成了《尔雅注》。郭璞对古代词汇进行了去芜存精；会聚众说，对俗语方言进行了考证，此外，对各种社会事物和现象进行了细致分类，显现了当时人们逻辑思辨的水平，可以说是《尔雅》的集大成之作。而到宋代，又由邢昺奉敕作疏。他以郭注为主要参考，终撰成《尔雅疏》一书。当然，后世研究《尔雅》著作尚多。如《尔雅正义》《尔雅义疏》及清代王念孙的《广雅疏证》等。2003年7月，北京图书馆出版社曾出版过《尔雅疏》全五册。

但是，当我在日本东京静嘉堂捧读这部《尔雅疏》古籍时，心情却并不一般。一是因为它在学术史上具有重要价值，二是此宋版书是吾乡蒋氏家族所藏，看到后就更有一番乡愁所蕴。此书虽历经千年磨难，至今却依然留存于世，我观那书之品相还那么好而完整。再则，又是吾乡原皕宋楼所藏，且流入日本已有百年。

一部曾有多少人探寻过的宋刊书，流入异国他乡，在书的百年祭之际，我在这里有幸品读，真可谓忧喜参半。这部现静嘉堂文库所藏的《尔雅疏》十卷五册的珍贵稀书，当在日本静嘉堂时，正有一位女司书成泽麻子（现任静嘉堂文库长），分两次用一个特制的托盘很小心地从专用所藏的书库中取出。当把它展现在我们面前时，我心为之惊动万分。

这部书，当年陆心源曾定此书是“北宋咸平初刊本”（公元1002年左右的刊出本），其实百年来，学界对这部宋刊之版本流源，有不同争论。但最后考定陆氏所藏，却是南宋前期的刊本。那日，我读《尔雅疏》藏本之首册副卷上，有明人海翁（偶桓）的手识文，他说：“《尔雅疏》一册，乃的真宋板……封面为宋白麻纸，此亦稀世之物，较宋板书更不可得。”

但王国维先生在其《宋刊本尔雅疏跋》一文中，却力主皕宋楼陆氏所藏刊本，实是南宋初期刻本。（见《观堂集林》卷二十一）他认为：宋刊《尔雅疏》十卷，原乌程（吴兴）蒋氏所藏，每半叶十五行，行三十字。明文渊阁旧藏，同乡陈仲鱼在文中已有著录。……而《尔雅疏》旧藏，有吴门黄氏、归安陆氏二本。尔后，黄氏所藏已佚，于是仅有陆心源皕宋楼所藏了。而王国维先生对此藏本评说是：“……此本犹是咸平旧式，然于钦宗嫌名恒字，高宗嫌名媾字，皆阙一笔，乃南渡后重刊北宋监本，又经元明修补者也。”王国维先生考证北宋监本实于靖康中，即（1126—1127）为金人辇之西北，故宋南渡后，才有南宋重刊经疏版本之出现。如南宋绍兴九年（1139）刊出过，至绍兴十五年（1145）

也曾刊过这类本子。所以，王国维先生认定原皕宋楼陆心源所藏、现已流入日本静嘉堂文库的《尔雅疏》十卷，应该是“当即南宋所刊单疏旧板也”。当然，此刊本《尔雅疏》，自元后已不再多印，当属珍贵之宋版本。

如今，我在静嘉堂所读到陆心源先生原藏皕宋楼之《尔雅疏》，在卷头有四十五岁陆之石刻小像，那是戊寅二月（1878）所刻，卷中有归安陆树声叔同父印章。另书中有先于皕宋楼所藏的一些藏书家之印章。如原“嘉兴新丰乡人唐翰题收藏印”“何氏藏书”“崆峒化城藏书”等十多枚藏书家的收藏印章。这些各具形状、不同种类之印章，都是当年有名的篆刻家所刻，一如这些当年有名的宋代书叶之刻工一样，他们之名字，现在书中尚依稀可辨，读着这些，他们均可称得上是这些珍贵古籍的无名英雄了。

见书怀人，当我看到那些千年古书上、那一颗颗藏书家先后烙下之朱、白文印章，无不使人遥想起那一个个藏书家的名字。那些特别引人入眼的收藏印，无不令今人想他们历经千年岁月、辛苦辗转、用心用劳、代代传承，从而能使这些宋版书，完好流传至今，这里面充满了多少传奇故事、充满了多少凄楚辛酸，甚或有多少衰亡废兴的人生历程！

那日东京正下小雨，中午我们就在静嘉堂内静坐休息一会儿，主人念我们远道而来，专为我们泡了一壶日本绿茶，我们就在这堂内阅览室简单用了午餐。（因静嘉堂一般不随便接待学者访书、更不用说借用室内午餐了）那一刻，当坐在静得几乎没一点声响的静嘉堂内，听着外边的丝丝雨声、潺潺的溪水声，以及日本东京特有的大乌鸦的叫声，而我瞧着一生中唯此次看到这么多珍稀的宋版书，心中禁不住就浮想翩翩……我想，这些不同时期的宋版书收藏家们，他们之读书收书、掏书觅书、买书卖书之历史逸事，一章章反映于人世间的话，那么，这世界的藏书文化史，将变得更丰富、更神秘而更具魅力。

苏东坡曾说："江山风月，本无常主，闲者便是主人。"世上几千年传承下来的书，确无常主，但这些人所留下的名字，曾经许是闲者，但他们都是书的主人，也是精神财富的忠诚守护者，今日，在异国东京，每读一页这难得一见之宋版书时，我都默默地用笔录下了他们的名字，啊，同时，当轻轻念出他们的每一个姓名时，无不令我肃然起敬！

《三苏先生文粹》上的最后烙印

那日上午，当我在静嘉堂读《三苏先生文粹》时，也许是使我心灵最为激动的时刻。当女司书成泽麻子分了好几次，用托盘把这么大的宋刊本，一叠叠放在我们面前时，我简直惊诧不已。因为，《三苏先生文粹》是唐宋八大家苏洵（1009—1066，号老泉）与其二子，即苏轼（1037—1101，号东坡）、苏辙（1039—1112，号颍滨遗老）三人的文章一起编辑而成的一部集书。在静嘉堂阅书，几天看下来，以及以前在国内几家大的图书馆所看到的，却从未见到如此大的宋版书的刊本。当看到如此大而珍贵的书，再遥想那么久远的年代而留存于世，真犹如在博物馆看到一块块厚厚的汉砖似的那种感觉。如此长长大大的宋版书，是世间独一无二的。一部书有七十卷之多，且共有三十二册，放在静嘉堂阅读室内，摊开来几乎占了一桌子。这样的珍本是天下读书人痴心梦想了几辈子也难得一见的。

同是《三苏先生文粹》一书，可在国内图书馆所见的版本，只有婺州刊的小字巾箱本，现国家图书馆所藏之明代嘉靖年间刊本，也是从婺州本翻刻而来。这般的小字宋刊本，每半页是十四行，每行二十六字，每页七百二十八字。而现在放在我面前的静嘉堂宋刊大字本，却是每半页十行，每行十八字，每页只有三百六十字。从版本排字之疏朗来看，几乎大了一半，如两者相比较，呈现在我面前的静嘉堂宋刊大字本，其钩画清劲，纸墨典雅，足见清晰美观之一斑。当然，对于三苏先生的集子，在台北中央研究院也有明嘉靖年间刊本九十四卷四十八册，其中就有老泉先生（苏洵）集文四卷，是东坡之父苏洵所著，有东坡先生集八十四卷，为苏轼撰，另有颍滨先生集六卷，为东坡之弟苏辙著。另有美国普林斯顿大学葛思德东方图书馆也藏有《三苏文集》，是清嘉庆二十五年（1820）的眉州刊本，计有九十四卷四十八册。其中苏洵撰四卷，苏轼撰八十四卷，苏辙撰六卷。其他有《苏门六君子文粹》六种十二册，为宋陈亮辑，是明海虞毛氏汲古阁的刊本。而这次在静嘉堂看到的三苏先生之宋刊本，我们看到由苏洵撰文（即老泉先生）的是卷一至卷十一，计十一卷。东坡先生文是卷十二至卷四十三，计三十二卷。苏颍滨（苏辙）先生文是卷四十四至七十，计二十七卷。

我在静嘉堂翻阅的这部《三苏先生文粹》在其“苏洵”（老泉

先生）文后，尚留存着有苏老先生之诗二十首，是其他刊本、包括明刊本所没有的。这就明显看出日本静嘉堂藏本与国内及其他异地各本，除存在版式上之差别外，在存书内容上，也有不同之处。以此可看出《四库全书总目提要》将它并列于明人所编总集，如拿现放在我们看到的静嘉堂所藏的宋宁宗时代之刊本做一对校的话，就可看出当年编《四库全书》时的一些歧误了。鉴此，怪不得我们的前辈傅增湘先生，在日本亲见其书后，在其《藏园群书经眼录》中就有如下之识文："《三苏（先生）文粹》余生平所见者三本，皆密行小字巾箱本。此本版式宽展，大字精严，纸墨莹洁，殊为罕觏。且老泉文后附诗二十二首，为明刊十四行本所无，尤为足珍。陆氏定为蜀本，余审其字画方严峻整，恐仍是浙本耳！南渡以后，苏文解禁，上自九重，下迄士庶，咸嗜其文，风行一世。留都为士大夫所萃止，或此时别开大版以供诵习，非如短书小帙徒备怀挟之用也。"

今天，当我们读到傅先生在日本见到后对这部流传千年的宋版书之评说，无不从另一个侧面，为我们描绘出了苏氏家族在千年之前的历史行迹，同时也为我们道出苏东坡作为一代文学家和政治家，处在北宋末年那个昏暗之时代，无论在政治上乃或生活上，有如此不平的遭遇："南渡以后，苏文解禁，上自九重，下迄士庶，咸嗜其文，风行一世。"东坡文在北宋末年时代，以文字狱被禁读，南渡后才解禁，成了人人喜欢的读物。上自九重，下至平头百姓，风行一世。令人不解的是，同样是宋代皇朝，当失去了半壁江山后，苏文却反而为开放之读物了？读了傅之识文，无不令我想起稼轩之词“欲说还休、欲说还休”中那个因朋党之争而衰微的大宋历史来了。那日，当我在静嘉堂读《三苏先生文粹》时，忽地想起了林语堂所作的《苏东坡传》中的一些事，无不也使我想起了当年苏氏家族父子全家三个男人进京应试，父子三人从家乡四川大石佛出名的嘉州出发，历经了全长一千一百余里，走了七百里水路的艰辛的生命之旅，一路过三峡，走怒吼滩、江陵，可谓经历了生死之险。他们苏氏父子的风风雨雨、生生死死，以及在宦途上悲愤坎坷，今日我们似乎都可从《三苏先生文粹》每一页书中、从这些字里行间，寻到他们三人的生命符号。

当然，对于这样的生命符号，我们还可从这三十二册厚厚的静嘉堂藏本中、从那众多的烙在藏书的印章中找到。如在《三苏先生文粹》卷一，其“老泉先生·论”之首页上，我们就看到有藏书红印章九枚。排列而来的有：“季振宜藏书”朱文印记一枚，以记录此书在清康熙年间（1662—1722）为季家所藏。而到了清道光年间（1821—1850）几经流传至上海郁松年的“宜稼堂”所藏了。此珍籍在藏书印中有“张金吾藏书”的白文印记一枚，有“月霄”朱文印一枚。则嘉庆年间（1796—1820）此书是归张金吾“爱日精庐”收储了。当然，随着时间无情地流逝，至清道光六年（1826）张氏破产，他家之藏本又散出民间，此书的命运又流落他家，当时又有江苏同里张芙川购进，后藏进他的“双芙楼”。如此的藏、散、进、出，这般的轮环，历经五家藏主，将近有二百年之久。直至到清同治元年（1862）《三苏先生文粹》终又归属于湖州陆心源名下，藏之于“皕宋楼”。

时至今日，在我看到流落于静嘉堂的《三苏先生文粹》藏本中，有两颗藏书红印章，是备受关注的，即“陆树声印”和“归安陆树声叔桐父印”——这二枚藏书红印章，无不成了未泊去异国他乡前，属国内百年前的最后的藏书烙印了。颇值我们国人珍视。

北宋刊本《李太白文集》的魅力

在中学时代，喜读李杜的诗，那时不懂诗更不知韵律，只是随自己感觉读唐诗，哪首诗好读或顺口就读下去，哪首难读就搁在一边，这犹如童年坐在小山坡上，看溪水流淌，一忽看得很顺畅，一忽又受阻了。那时光独钟情于李白的诗，不像如今倒喜欢杜甫之诗了。

但凭我的感觉，那次到日本，却发觉现在的日本人，大多喜欢李白的诗。这话从何而说？我想，在静嘉堂阅书期间，有一例可见一斑。那日，已到静嘉堂下班之时，突然，增田先生来到阅览室，她热情地请我们去参观很少人能进的静嘉堂书库。

增田晴美，这位终生以书为伴的女司书，如今在静嘉堂文库管理层中，她位仅次于九十二岁高龄的米山寅太郎先生，由于米山年老多病，目前静嘉堂之日常工作由她管理。

她领我们走过大厅，打开北门，前面就是一个封闭的走廊，足有十米长，尽头是二道金属门，据说这是防盗防潮用的。一路过去，我看到楼层拐弯道上都堆满书，过了二道门我们就进入这个价值连城的书库了。书库宽约十五米，长近三十米。中间走廊、两边放满了书柜。书柜是香木制的，精巧地装着玻璃。每部古籍全都用桐木版，上下紧夹着。柜之间用木条钉住，连成一体。有些较小的书柜就单独用布条绑在柱子上。据说，这样做是为了抗击日本多发的地震。我们随增田晴美在书库内观书，似感到凉风习习，但不知风从何来？书库很清洁，充溢着翰墨和古木的香味。增田先生随即打开墙上的铁窗，她说开启这里每扇窗也可通风，但灰尘和小虫会进来，对古籍不利。她特指着窗下横放着的一台轴流式排风机以及延伸到每层书库的通风管道说："我们静嘉堂文库能保护千年古书，人家以为是靠空调调节，其实，是靠管道通风来保护，而风来自地下室的坑道。"谈笑间，增田先生即从书柜里捧出了一部《李太白文集》，让我们细看。那一刻，我瞧她满脸的高兴，足见她对唐李白诗的格外热爱。

这部《李太白文集》，淡黄色的封面，是北宋之蜀刻本，共十二册三十卷。增田无不喜滋滋地对我们说："这部书也是绝代珍品了，再过若干年后，它可上升为日本的国宝。"听此话后，我们无不疑惑起来，既是绝代珍品，为什么还不能称上国宝呢？她的解释道："因为书原不是日本的，所以书在日本时间，必达百年以上之时，才可升至为日本国宝。"

从她手中接过集子，看到首卷专载碑序，分别是宣州当涂县令李阳冰的《草堂集序》，前进士魏颢的《李翰林集序》，朝散大夫行尚书职方员外郎直史馆上柱国乐史的《李翰林别集序》，李华的《翰林学士李君墓志》，还有刘全白《翰林学士李君碣记》，有范傅正的《翰林学士李公新墓碑》，有斐敬《翰林学士李公墓碑》。而于最后一卷末，有常山宋敏求题《李太白文集后序》，另有曾巩题的《后序》和宋元丰三年（1080）夏四月毛渐题的《后序》。卷二至卷二十四都是李白的歌诗，卷二十五以下，为李白之文。现从史料看，于元丰三年（1080），苏州太守晏知止（晏殊之子）将此书交毛渐校正刊行，这是李白集的第一个刻本，世称苏本。北宋年间，又有据苏本翻刻的蜀本。但今苏本不传，只有北宋蜀刻本传世。国内虽也有北京图书馆藏《李太白全集》，但惜卷十五至卷二十四阙，以清康熙五十六年（1717）以缪氏刻本相补配，世称缪本。而这部静嘉堂藏蜀刻本，每半页有十一行而每行二十字，间有二十一字，小字双行，约二格作三字不等，白口，左右双边（18厘米×11厘米）。

我们看到卷首《草堂集序》就有红红的藏书印十五枚，其中有王杲、徐乾学、黄丕烈、汪士钟、王文琛、钱应庚、蔡廷桢等有名藏书家之印章，都清晰可辨。再翻到每卷中，至今还能看到各式藏书家们所刻下的字号及闲章印记，历历在目。如卷中有："王杲私印""健庵""王杲之印""王氏敬美""王彦惇印""王君复印"。"昆山徐氏家藏""乾学之印""健庵""丕烈""荛夫""百宋一廛""黄丕烈""士礼居""三十五峰园主人""钱氏南金""钱应庚印""金匮蔡氏醉经轩考藏印""蔡廷桢印""翰墨缘"等，这些刻在卷内的一个个藏书章，也可说是记录了这部《李太白文集》的历史年轮、流转收藏之时代印痕。一如在这部书的每册版心上，也都记下了刻工们的姓名：大七、方、王、旦、民、吴、吕、袁等一串姓氏，如今收藏家与刻工们，早灰飞烟灭，但他们传承下的书香翰墨，给后人留下了永恒的记忆。而这部《李太白文集》

的最后收藏者，当是皕宋楼藏主陆心源。卷内首页抑或每卷后页均有："湖州陆氏所藏""陆氏伯子""十万卷楼""归安陆树声叔桐父印"等印章。我们看到书内最别致之处，有清末四大藏书家之一的陆心源石刻小像一帧，标有"陆心源四十五岁小像戊寅二月某石并刻"，我想，这也许是陆氏藏书家的得意之作，也是他风华正茂之时，作为清末藏书家陆氏的一段历史性标记。

近年来，据日本静嘉堂文库藏本影印的《李太白文集》有：日本京都大学人文科学研究所的影印本、1967年台北学生书局影印本，另有1987年巴蜀书社影印本。

那日，从静嘉堂书库出来，早到了下班时间，我们即向她们告辞。但增田先生忙说"请等一等"，不一会儿，增田先生与成泽先生用托盘捧来一大堆书。一部是1926年出版的线装《静嘉堂秘籍志》（五函），一部是1936年出版的线装影印《广雅注疏》，还有两部是汲古书院影印的《吴书》和《王右丞集》。增田先生非常友好地对我们说："你们要的几部书，我们都去找过。因它是静嘉堂几十年前出的书，时间久远找不到了。现在只有这几部书送给你们。如果其他书有的话，也可以赠送。文库中没有了，实在抱歉。"听了这样的话，真让我们感动得难以言表，我们一再表示感谢，并要求她们与我们一起合影留念。

从静嘉堂出来，我们提着珍贵的古籍，虽已近傍晚，心情却格外激动。远远地回头看去，增田先生与成泽女士还久久地站在门口，不停地向我们挥手。那刻的心情，对于梦萦千年古书而特地来静嘉堂阅书的我们来说，却真有"蓦然回首，那人却在灯火阑珊处”的感觉！

（写于茗溪斋2016年秋日）

由《愧郯录》想起张元济逸事

那天周末，“言言斋主”吴兴周越然先生，其在上海的后人周炳辉先生来电话说，躲斋先生拟与他合作撰写一篇题为《言言斋的藏书理念》的文章，并参加今秋在湖州举行的“皕宋楼暨江南藏书文化国际学术会议”，他说：“祖父一生以读书、写文、藏书为乐，最终是为了一个人生之理念。”我知躲斋先生，系沪上资深文史家，虽未曾晤面，但读他文章不少。言言斋的藏书理念是什么？这确颇值学界探讨、求索。而后，我又收到周先生几封信函。于此，不禁使我又忆起在静嘉堂阅书时，一件有关周越然与张元济两人间鲜为人知的藏书、编书的逸事。

记得那日，我们在东京静嘉堂文库，曾翻阅到一部宋刊本的《愧郯录》，为宋嘉定年间（1208—1224）刊本，计十五卷，宋岳珂撰（岳飞之列）。当然，我们今日从嘉兴图书馆，见到的只是明代岳元声之刊本。因岳元声为浙江嘉兴县人，万历癸未进士。而在静嘉堂看到的却是一部完整的保存非常好的善本宋刊。可在翻阅此书时，最为令我们惊诧的是，这部古旧的宋版书，却补进了手抄的十页特殊的书纸。这是静嘉堂库藏宋版书所从未见过的奇迹。瞧那白色极薄的影写纸上，此手写体是那么秀雅刚劲；无框无行的影写纸，至今紧紧粘贴在框行清晰的书页上。这究是谁的手迹呢？为何不想法刊印后补进缺页呢？这按明抄本影写的小开本纸与宋刊的大开本，在版面上差异明显且不协调？……但唯有边款上留存的“据吴兴周氏言言斋藏淡生堂抄本补写”一行小字，令今日之读者和藏书研究者尚可去追踪这藏书史上的一段姻缘。为此，我把这可视为藏书史上之佳事，在电话中告知了周炳辉先生。而电话那头传来的话语，除了一段书缘能让人勾起永远品味、永远追忆外，似有那说不尽的怅然之感。但此奇巧书缘，还得从张元济先生说起。因为1992年出版的《静嘉堂文库宋元版图录》上对《愧郯录》所补缺十叶，特意做了注解说明：“由张菊生先生提供。”这八个字，无疑也构成了中日文化交流史上的一桩佳事美谈。

张元济为编《四部丛刊》选择了当时最好的善本古籍，除商务印书馆的涵芬楼藏古籍外，又辛苦遍访海内外收藏家、国内外公私所藏的宋元明旧椠。当拟影印宋版的《愧郯录》时，张阅尽国内藏本，发现众多善本均缺而不全：其中卷一缺第七、第八、十五、十六计四页；卷五缺第九、十、十一、十二，计四页；卷七缺第五、第六，计两页。共计缺十叶页。为此，张元济是不死心的，最后去了日本静嘉堂，他多么希望在陆氏皕宋楼旧藏中能找到这些缺页。可令他同样失望的是：静嘉堂陆氏旧藏《愧郯录》，同样也缺此十页。

1930年春，张元济得知周越然在上海以重价购得一部《愧郯录》，便急前往观看。发现此本系祁氏淡生堂余苑本，系明人写本，有澹翁手跋，且有毛子晋、季沧苇、朱锡鬯等印记。可惜只存首七卷，是个残本。可是，令他激动不已的是，虽然只有半部书，但是各种刊本所缺的那十页，竟然在这个残本中被发现了，这确实让他兴奋不已。于是他赶紧请人依原书款式写补各页。结果，所补各页正好前后相衔接，这才得以完璧整部《愧郯录》之抢救保存。为此，张元济非常感谢周越然先生，并不无感慨地说："……友人周君越然购得祁氏淡生堂抄本半部，余闻之，往假开卷。则此十叶者宛然具在！因多录之。请人依原书款式写补各叶，前后适相衔接。虽卷五之第九至十二叶仍有阙文，是本卷二'淳熙南衙'一则阙七字，卷四'鱼袋'一则阙八字，卷六'仙释异教之禁'一则共阙七字。祁本亦无可补。然大致要已具足。明清鼎革忠敏遭难，藏书散尽，世极罕见。阅三百年，于有人复印之时而是书忽出，且亡其半而有此十叶之半部独不亡，不可谓非异事矣。书此以识吾友假通之惠，并为是书庆幸焉。民国纪元二十三年元月。海盐张元济。"得书完璧，欣慰之情，跃然纸上。

而言言斋主周越然，为此事也视为他一生藏书最欣慰的一件美事。八年以后的1942年9月2日他在《古书一叶》中谈到此事，也同样兴奋不已。他说："宋岳珂《愧郯录》十五卷，吴县黄氏、常熟瞿氏、吴兴陆氏，皆藏有宋本。黄、陆二氏之书早已散去，在人间与否不可知。瞿氏之书尚为其后人所守。查《荛圃藏书题识》卷五，《铁琴铜剑楼藏书目录》卷十六，《仪顾堂集》卷二十，知三氏之书，行格相同（半叶九行，行十七字），而缺叶之数（共计十叶）亦复相合——是三书同出一源也。宋以后重雕之本，有明岳氏校刻本、学海类编本、鲍氏知不足斋丛书本。鲍氏之书，行格一遵宋刊，校订精详，实为各书之冠，惟其缺叶与宋明清各本均同。岂世间竟无完本耶？民国十九年之春，余以重价购得此本于申江，即所谓祁氏淡生堂余苑本也，有澹翁手跋，且有毛子晋、季沧苇、朱锡鬯等图记，系明人写本。惜只存首七卷，不得称为完璧。幸各本缺文均在此七卷，后来商务印书馆编印《四部丛刊续编》，即借以校补，亦一大快事也。”

但张元济却没有忘记远在东京的日本朋友。他把这十页的影写件，赠送给静嘉堂文库。静嘉堂文库获此珍贵资料，没有去补刻，而是把张元济提供的影写纸，原封不动直接粘贴在空白的书页上。这是对张元济的尊重，抑或是为后人珍惜这段历史上不寻常之佳话。今日，有机会目睹这历来为读书人所珍爱的静嘉堂所藏宋版《愧郯录》，展卷翻阅，赏心悦目，不由得在心中想起张元济的这件逸事，也不能不说是读书界的一件快心之事，同时，我们无不于此可窥张元济先生之人格魅力。

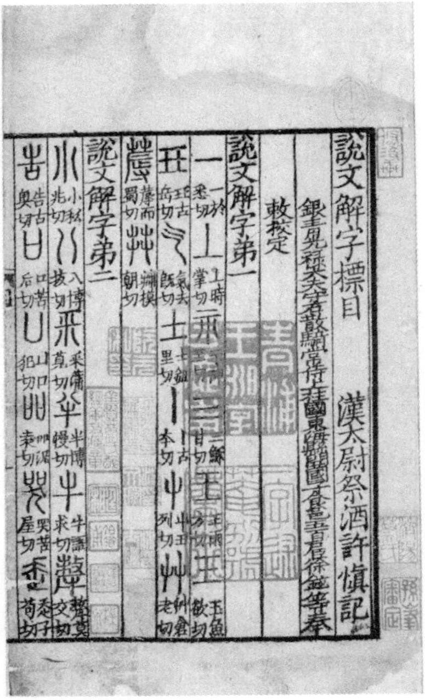
說文解字標目　漢太尉祭酒許慎記
敕校定
說文解字第一
說文解字第二

宋版《说文解字》书影

（于2016年秋茗溪斋）

读《夹竹桃集——周越然集外文》

由金小明、周炳辉编的《夹竹桃集——周越然集外文》（中央编译出版社，2013年）确是一个鲜霞风致的好书名。“月光下的夹竹桃，叶影参差，花影迷离，婉美动人”，引出无限幻想。且夹竹桃，“一朵花败了，又开出一朵，一嘟噜花黄了，又长出一嘟噜”。季羡林说：“无不奉陪这一点韧性，同院子里那些花比起来。”（季羡林《夹竹桃》）我读季老美文，连同《周越然的集外文》，又想起“言言斋”来。当年，他与嘉业堂刘承干、傅增湘、李盛铎、董康等并列为藏书大家。周越然的书斋，曾于百年中，演绎了几度兴衰覆没的藏书逸事，一如奥斯卡的电影，在我脑海映出万千变幻。

“买书买尽宋元版，读书穷探沧瀛奇。”当时的周越然（1885—1962），俨然是一介书生、编译家、散文家；一部《英语模范读本》长盛不衰，风行了几十年。可还是民国时期不做官的名士。严复是他的老师，戴季陶是他的学生，他还因精通英语、富藏西书，更得辜鸿铭的赏识。但1932年遭“一·二八”日军炮火蹂躏，其元明孤本，西书古籍、珍贵抄本，毁于一旦。那辛苦搜罗之藏书，倾灰飞烟灭，言言斋寂灭，受了一次火与血的洗礼。

然不数年，周先生的《言言斋》，凤凰涅槃，如郭沫若说的，“死了的凤凰更生了！”大劫后，举家逃至租界，言言斋又移居西摩路（今陕西北路），重拾他的淘书、读书、藏书、著书生涯。而后，出版了《书书书》《六十回忆》《版本与书籍》等书，现都已成抢手货，复印一部也难。诚如陈子善所说：“以独到之眼，窥视现代中国的社会万象；以清新之文，书写脱俗人生的自然意趣。”确实，周越然以文笔清丽，知识丰富，内容广博而闻于世。而他用多个笔名，发表在《晶报》上的书话专栏，更因其视野宽广，探索细微，幽默博洽，读者众多，令人入胜。

抗战后，言言斋主，卷入不测旋涡，有史料回忆：某日，日宪兵夤夜闯入周氏西摩路住所，将周氏绑架至虹口新亚大酒店，迫周氏参加大会（即1943年8月25日—27日在东京举行的第二次“大东亚文学者大会”）。而事后周氏深为后悔，自认为有损民族气节。日寇投降后，不少人给周氏扣上“汉奸”帽子。周氏不得不退出学界，息影家中。此时，言言斋又寂灭了一回。

1945年后，言言斋主不再见报于书报杂志，许多《人物志》《近代人物大辞典》都说周越然已离世，且有哀诗：“藏书曾记言言斋，厄运来时战火埋。文字飘零谁为拾？一编聊以见庄谐。”其实，言言斋仍活着，斋主也安然无恙。

1949年秋，上海解放，得第一个译《共产党宣言》的陈望道之介绍，到上海水产学院教授英语。此校即今上海海洋大学。周先生中等身材，架一副眼镜，是位儒雅、和蔼、风趣的学者。他在教学上自有一套方法，这源自他中外知识功底的深厚。每有学生问及性知识，他仍以“性学”专家答道：“食色性也，都是人类天性。我研究它就发现许多奥秘。”

这本新著《夹竹桃集——周越然集外文》，类归三辑，有《文史杂记》《〈晶报〉随笔》《修身小品》。其中发表在《晶报》上的集外文就有二百多篇。这三辑妙文，其谈书论文、掌故趣闻、时事风俗，性知识的妙文，娓娓谈来。虽不衔接，也无呼应，但周先生笔下几十字乃几百字的小文，却为我们记录了社会生活中的各式人物，留下了民国历史印记，同时写出无数中外文化故事，其体式及半文半白的随笔小品，令读者有更大的阅读悬念。由于作者观察细微，深入到社会底层的脉络、细胞，为我们摄取了人类学、历史学、社会学家所遗忘的角落，为民国社会，记下了一部广阔的社会生活史长卷。

周先生对书持有一种特殊的终生热爱，如“在《书谈》中提到的明钞本《愧郯录》，这是宋人岳珂所撰。作为藏家的周，不仅指出其价值在‘记宋代之制度，多为史志所未备者’，而且指出此作自宋刊刻以来，直至明清的校刻本，皆有缺页竟无完本，而此明钞本却是完本，因而‘不禁狂喜’，并以此本供商务影印，补宋刊之不足”。对于他的狂喜，我去日本东京静嘉堂考察与阅读宋版书时，真有一种深深的感受。

言言斋的藏书逸事，尚有许多美谈，但此小文，且不侈谈。

鉴此，特抄此集中周越然祖父之《螟巢日记》一节，与读者共赏：

至天宁寺。寺去彰仪门二百步许，野田古木，景状清绝。车行迤逦，从侧门入。庭院森若，微有绿阴。寺僧邀延就座。茗罢，导至后园。牡丹数丛，英英相杂。同人捷足者，俱登坡陀月台上，余亦摄衣从之。台虽不高，可纵远月，平芜无限，远接山黛。寺僧曰：'此台非止看月佳，雪余雨后，乃更佳耳。'浏览半晌。由香积厨折入正殿。殿前有浮屠极高峻，无梯级不可登。又前行至一殿，塑铜释迦，一手托钵，一手下垂过膝，伸五指若求布施状。游寺中者，率以钱掷钵中。钵去地三丈许，铿然一中，以为大佛欢喜。……又至客堂吃点心，茗话良久。夕阳西匿，膏车进城。至如松馆饭，有仪仙兰舫。

当然，在《夹竹桃集——周越然集外文》中，这般妙文多多，其史料、文化价值，一纸拙文无法描完。（当然也说不完）对此，我非常喜爱这书，连同它的书名。但愿读者和我同好。兴许，在爱书者心里，"言言斋"这个名字仍然活着，犹如"一嘟噜花黄了，又长出一嘟噜"那样韧性、那般婉美动人。

（《博览群书》2013年第12期）

学者风范译界大家

陆谷孙，对于这个名字，也许在中国外语圈外的人，大都不太所知，然当你进入外语这个领域后，对他的仰慕就会在心中油然而生。陆先生，我常常这么称呼，他在当今英语教学和研究领域，可谓是“泰斗”人物。他从1970年开始《英汉大词典》的编纂工作，一直潜心专注于编写。几十载春华秋实，陆老“躲进小楼成一统”，从《英汉大词典》的初版本，到《英汉大词典补编》《牛津高阶学生英语词典》，再到译文出版社出版的《英汉大词典》新版本，无不凝结着陆先生一生的智慧、心血，以及对年轻一辈外语人才的殷切期望。

记得那是个秋高气爽，金桂、银桂花开得最茂盛时节，我陪他与长期在美国生活的夫人一起游览江南的名镇，而在那名镇的一个私家花园里，正好有一枝观赏不到的金桂，我们在那地方看不厌，拍了照，流连不已。当大家玩得很高兴时，我想到这是个好时机，想请他为学生做一个讲座。他是中国翻译家协会副主席、上海复旦大学外国语学院院长、最早的国家领导人的同声翻译。在外语专业中，真的是个无人不知、无人不晓的人物。

我提出请他做一个讲座，他虽然很忙，而且数日后，他就要赴美国讲学，但他还是欣欣然允诺为太湖之旁的老师与学生授知、解惑，以及可以一起交流。我真是大喜过望。记得讲座的前晚，我们喝茶聊天，谈聊之间，他问我："明天，你要我给师生讲些什么呢?"我见陆先生很认真，就回道："我想，还是把你读书、为师、治学，随意谈来就很好。"当时我想，请著名学者讲学，特别是请大师讲学，让他自己选题比你为他命题更好。一如钱穆的《湖上闲思录》式的知识传授，深入浅出，让大家受到知识的熏陶。

果然，那日陆先生的讲学，深深吸引着大家，一座师院和一座职院的外语老师与学生都来了，简直把讲座厅挤得满满的。一开始，他果然就随意谈来，不过这"随意"两字，绝非我们有时所看到的那类海阔天空、捣糨糊式的装腔作势；也不是那种"亢龙有悔……其血玄黄"之类的掉书袋的讲座。他那种随意谈来且内容又很丰富的讲座，深深吸引着每一位听众。可对于我来说，只感到他近两小时的讲学，似乎在给我们朗诵着英文原版的莎士比亚的十四行诗，使整座讲演厅，充满了纯朴和至诚的声音。因为陆先生之讲座，不单是讲学问，由于他是用英汉双语切换着讲，这就更增强了语言之节奏、美妙，且充满了激情。

那晚，陆先生特地给我们签赠了他刚由复旦大学出版社出版的《余墨集》。当我拿着这本装帧设计很好的书时，原本打算花一个星期时间慢慢地读，而后来我花了几乎是数个通宵读完了这本充溢着睿智与妙趣的书。当阅读完之后，虽说书中内容是沉重的，甚或是一个苦难的历程，但阅读时的感觉，却十分放松和愉悦，不由自主地沉浸在他的文字魅力之中。仿佛不经意间饮下一杯醇酒，因事先没有防备反而醉得更深。于是便一页接着一页，一篇接着一篇地读下去，欲罢不能，哪料不过大半天时间便已读完，而且觉得齿颊留香，脸上还真挂着被书中幽默独特的语言所感染出一番难于言说的微笑。

正如吴中杰先生适在国外、为此书所作的序言中所说：“读完之后，深感这本集子虽然是他编纂词典书、撰述讲义的余墨所写，但是分量不轻，它写出了作者的人生见解和人文情怀。”恕我妄用英雄所见略同的话，读完此书后，我和吴先生之所评有着深切的心灵共鸣。然而，不同的是，我似乎从陆谷孙先生之演讲，以及他那本《余墨集》的字里行间，更是读出了一层“陆谷孙式的读书与幽雅”之感。从何而说呢？我想，人们不是常说编词典多么枯燥乏味，但陆先生告诉我，他编《英汉大词典》却乐此不疲。因为他认为，没有兴趣是学不好英语的，更是编不好词典。

这又使我记起那日讲学，有学生问他，为什么会爱上“莎学”？他回答说：“首先是莎士比亚的语言之美吸引了我，使我产生兴趣。”他还说：“至今几十年过去了，莎氏那充满激情、节奏朗朗的对白，我还能大段大段地背诵出来……”另则，陆先生列举了诸多将莎学这门学术研究产业化的现象，痛心疾首地感到对莎学的“研究”蔚然成风，然而真正有耐心、有恒心读莎翁原著的人，却越来越少。这不禁使我想起了红学研究在中国的“热炒”现象，对《红楼梦》及曹雪芹其人的种种探究已构成了一个庞大的体系，其中不乏真正搞学术研究者，然而却也存在许多借“红学”之名大行商业化之道的人，无怪有人感叹：生在18世纪的曹雪芹却在21世纪养活了一大批人。还有令我不禁击节叫好的，如书中《一封没有发表的信》，陆先生用“放鞭炮以求开张大吉，那是国权路上生煎包子铺小老板们的作为”，以此来批评一些高等学府行政管理人员，存在着的一些可笑行径，那比喻是那样犀利和畅快。我真无法找出比这个更形象更贴切的比喻了！《浮世杂感》一章里，一篇篇杂文，幽默诙谐、短小精悍却寓意深切，如一个个小音符构成了一篇动听的乐章。

仅此我所例举的篇章，陆先生要读多少中外的书籍。他还说，当他读着一本书时，读至兴趣盎然时，他是绝对放不下的，废寝忘食往往也是常有的事。我从《余墨集》中，读出了他之幽雅、美妙与思想深邃之处尚多。记得一位著名作家说：“几乎在每一个人的命运中，书上的语言，都起过无可比拟的作用……”但我想，陆先生通过读书上的语言，对陆先生个人的命运，将起更大的作用，这并非危言耸听。

不妨一读《万象》第一卷第七期，有陆先生撰写的《田埂“小布”》一文，我们就可读出这般的意蕴。我们如果读陆谷孙先生刊发在各类报刊上的文章，从中都可读出，他平时读书，确实读出了真谛，读出了尊严、隽永及他心中之思想，甚或读出了他人生的另一种运命。其实，追溯陆谷孙先生那读书之另一种状态，他从小已具备。比如他说：“从小就有出声独白的习惯。”并说过：“我在幼时基本上没有玩伴，只好借助心理学上称作‘自居’的原理，一人串演数角，朗声说着话……我一会儿演《水浒》，一会儿演《说唐》……法国大仲马小说《三剑客》中的人物。”及至他到了大学三年级，在乡下劳动，他会在畴间徜徉，独自朗诵普希金的诗《纪念碑》，还幽默地说：“头脑里的资产阶级精神王国未有触动，白旗没有拔掉，红旗尚未插上。其时我刚读完斯通写的杰克·伦敦传《马背上的水手》……”你看，陆先生从小学、大学、研究生，到为人师表，直至如今在每一个时空里，他在书屋中的阅读，无不充满着他孤独里的奋斗与幽雅之情。

因为陆谷孙先生长期浸润在读书之幽雅中，所以他追求的始终还是一介布衣、一个文人之心态，以及作为一个中国文人的生活与情怀……他还说：“我始终认为，一所大学的师资队伍中最好有两种资质俱备的人才。一种是学者的资质，另一种是文人的资质。”这话确是他的肺腑之言，在当前教育上急需培养人才之际，如何培养好高素质人才，这话是多么重要。“文人的资质”，这个词儿提得多好。因为兴许，在今天21世纪做学者不难，而要具备学者与文人双重的资质却难。因文人资质之意蕴及其视野非一般人所能言，也并非你有了文史哲知识就有了这资质。特别是在我们恍惚跨过了这沉重的20世纪后，对于这五个看似简单的字，它的分量却显得更重。所以，对于“文人的资质”，在21世纪的今天，我和陆谷孙先生一样，同时从心灵深处不断呼唤着它！

我想，一部好的散文集，是浑然天成之物，非斧凿雕饰而成，因为它最能体现作者的性情本性，从而更使读者产生共鸣甚至震撼。也许正缘于此，陆老书中的有些章节，让我一读再读，回味再三。而有些章节却不忍卒读，如悼念徐燕谋教授及遥祭葛教授的文章，字里行间的深切哀思，令我这个对这些老“教书匠”素未谋面的研究生，也扼腕叹息，潸然泪下。

《余墨集》虽如吴中杰先生在序言中说的是陆老“用编纂辞书、撰述讲义的余墨所写，但是分量不轻”，应该说陆老的寄情之作，每一章每一篇都体现着他的人生感悟和人文情怀。同时，对于我来说不仅从书中分享了陆老的人文精神，还使我自身的学习处世得到启发和教益：书中说的为英语而学习英语，语言是文化的载体也是传播文化的媒介，为我日后的英语学习之路，打开了四面窗，窗外风景一片独好。陆老在书中还劝年轻人要“戒浮躁，去矜饰，除喧杂，远嚣尘”，这对正处于一个纷乱复杂，飞速变化的时代里的人，“静以修身，俭以养德”，保持心灵的宁静独立，守住自身精神家园的底线是多么的重要。陆老做学“心虚”，为人“恬淡”，确是难得人物。今虽突然离世而去，但他留下的许多“余墨”，将于世永存，时间越长更是瑰宝。

（于2014年7月）

卷三　记忆

西塞山前白鹭飞

大约十多年前的初春，几位文友开了车，特意去寻找西塞山。不知何故，在那一刻，兴许是一瞬间，诗兴大发，唐代张志和写下了一首《渔歌子》的词，那山遍名满天下。那天，他因去游山，见到了所谓的天人合一的奇景；还是像他同时代的文友茶圣陆羽，去太湖之旁的山中，特去见一位道观中的女诗人李季兰（李绐），是否有同样的心境，至今不得而知。今人不知古人事，可那座西塞山，却因有张志和的那首渔歌，而名满天下。

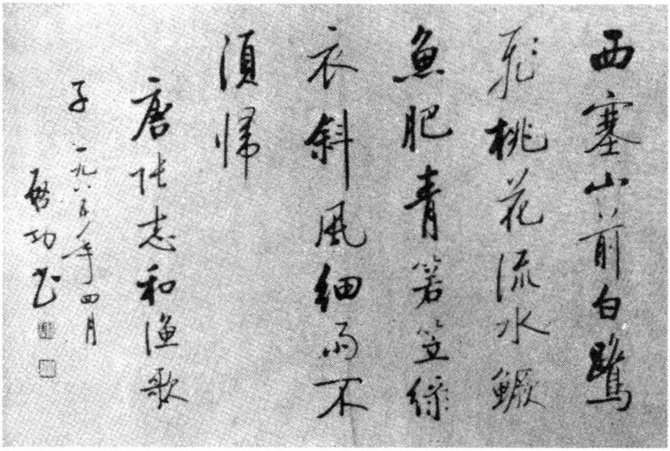

西塞山前白鹭飞，桃花流水鳜鱼肥。

青箬笠，绿蓑衣，斜风细雨不须归。

这首词，仅二十七个字，却向我们展示了一幅优美清新的水乡画卷，传达出了对大自然以及一个漂泊行者至深的情与爱，终成了千古绝唱。如用现代语说，你看，那西塞山前的白鹭，自由地飞翔，江岸一片，春水初涨，桃花盛开，水中鳜鱼肥美。而渔翁，戴着青色的箬笠，身披绿色的蓑衣，冒着斜风细雨，忘其一切，乐然垂钓，似乎不想着回家似的。如从我们的眼球望去，视角内只见红、绿、青、黄等多种色彩，向着你显现出来。

“西塞山前”只是一个江南地点。“白鹭”这种长脚的鸟儿，任其自由飞翔，正衬托渔夫悠闲自得的情绪。茫茫天空中，一群白色的鸟，在飞翔着，正与大地上绽开的“桃红”与轻悠悠的“流水”相映成趣，暮春西塞山前的湖光山色，渲染了渔父的生活环境、捕鱼情态，与富有诗情画意的大自然完全融合在一起，令人神往。不难看出作为诗人的张志和，他多么向往渔父悠闲自在的生活。

这词构思巧妙，意境优美，语言生动，格调清新，寄情于景，显现出一种出淤泥而不染的清纯和淡泊，成为一首千古流传、脍炙人口的词作。

从历史与文学看，西塞之山，以词而名，而词人张志和，也以此山系联了一千多年，让这段纪录片式的历史情怀，不能忘怀。读了诗人能写出如此之词，那么诗人平生，究是怎么一个人？

张志和，是婺州金华人（今浙江金华），字子同，号玄真子。唐肃宗时，曾待诏翰林，授予左金吾卫录事参军。那时他十六七岁，少不更事，哪知政治云雨多变，不慎得罪朝廷，被贬到南浦（今江西南昌西南）为尉官。不久遇赦，回京城长安。

后趁家亲亡故，以奔丧为由，辞官返金华，不复仕，居江湖，自称烟波钓徒。从此，四海为家，漂泊江南一带，与唐大历才子有着共同信念，相同文化价值观的文人学士，游江南各地。

唐代宗大历七年（772），九月，颜真卿任湖州刺史，次年到任。张志和驾舟往谒，时值暮春，桃花水涨，鳜鱼水美，他们即兴唱和，张志和首唱，作词五首，这首词是其中之一。这首词于宪宗时一度散佚，长庆三年（823），李德裕访得之，著录于其《玄真子渔歌记》文中，始流传至今。俞平伯编《唐宋词选释》，收录张志和这首词，作小注曰：《历代诗余》卷一百十一，引《乐府记闻》称张志和往来苕间作《渔歌子》词。清代刘熙载《艺概》：张志和《渔歌子》，西塞山前白鹭飞一阕，风流千古。东坡尝以其成句，用入《鹧鸪天》，又用于《浣溪沙》，然其所足成之句，犹未若原词之妙通造化也。黄山谷亦尝以其词，增为《浣溪沙》，且诵之有矜色焉。西塞山吸引了历代贤士来此寻访探幽，曾写下无数的另一番“渔歌子”诗文。

清代黄苏《蓼园词评》：数句只写渔家之自乐其乐，无风波之患。对面已有不能自由者已。隐跃言外，蕴含不露，笔墨入化，超然尘埃之外。

近人俞陛云，乃俞平伯之父，在其《唐五代两宋词选释》评说：自来高洁之士，每托志渔翁，访尚父于硒溪，讽灵钧于湘浦，沿及后贤，见于载籍者夥矣。而轩冕之士，能身在江湖者，实无几人。志和固手把钓竿者，而词言“西塞”“巴陵”“松江”“雪溪”“钓台”，地兼楚越，非一舟能达，则此词亦托想之语，初非躬历。然观其每首结句，君子固穷，达人知命，襟怀之超逸可知。“桃花流水”句，犹世所传诵。苏子瞻极爱此词，患声不可歌，乃稍损益，寄《浣溪沙》曰：“西塞山前白鹭飞，散花洲外片帆微。桃花流水鳜鱼肥。自庇一身青箬笠，相随到处绿蓑衣。斜风细雨不须归。”

黄鲁直闻而继作。江湖间谓山连亘入水为矶，太平州有矶曰新妇，池州有浦曰女儿。鲁直好奇，偶以名对而未有所付。适作此词，乃云：“新妇矶头眉黛愁，女儿浦口眼波秋。惊鱼错认月沉钩。青箬笠前无限事，绿蓑衣底一时休。斜风细雨转船头。”

子瞻闻而戏曰：“才出新妇矶，便入女儿浦，志和得无一浪子渔父耶!”人皆传以为笑。前辈风流略尽，念之慨然。小楼谷隐，要不可无方外之士时相周旋。余非鲁公，固不能致志和，然亦安得一似之者而与游也。（叶梦得《岩下放言》）

山谷（黄庭坚）晚年亦悔前作之未工，因表弟李如篪言《渔父词》，以《鹧鸪天》歌之甚协律，恨语少声多耳。因以宪宗遗像求玄真子文章，及玄真之兄松龄劝归之意，足前后数句云：“西塞山前白鹭飞，桃花流水鳜鱼肥。朝廷尚觅玄真子，何处如今更有诗？青箬笠，绿蓑衣，斜风细雨不须归。人间欲避风波险，一日风波十二时。”

东坡笑曰：“鲁直乃欲平地起风波也。”（摘自《白香词谱笺》）此词吟成后，不仅一时唱和者甚众，而且还流播海外，为东邻日本的汉诗作者开启了填词门径。日本第二十五代嵯峨天皇边作《渔歌子》五首，及其臣僚的奉和之作七首，即以此词为蓝本改制而成。我想，今日来谈张志和的渔歌子词，真是历史至今人人所爱。

再谈，我们得二日闲暇，一路去寻觅与勘踏，那因诗成名的西塞山，去寻觅一千多年前那位漂泊者、诗人的遗迹，也许与张志和写这首渔歌子时，是怀有同样的一个梦。据宋代周密《吴兴园林记》所载。

在群山环绕中，我们越过太史湾和大小玲珑山，当我们驱车约一小时许，从车窗远眺，这里满目皆是各色石头、石矿、石湾。到了山重水复疑无路处，我们下车，沿一沙石小道而行，两旁一片蓊郁林木，不远处就是南太湖之滨，只见一峰苍秀，云山烟水，林木中尚有几只白鹭，在蓝天白云间翻飞，这一刻仿佛隐约之中有了张志和的影子。

可这天我们问了居住在这里的许多老者和乡人，又跑了诸多个山村，同去的一位友人，还特地用军事指南针度测方向，但到了天色已近暮色，却终无所得，虽山色恋人、流连忘返，只能罢归。车慢慢回头，心中不免有些失望，但大家彼此相约：再找时间，重上西塞山或卞山，吟唱渔歌子的遗踪。

过了数日，恰逢周末，我们又相约而行，沿着卞山之山脚，迤逦而行，无意中却看到了清代费大学士的墓道，我们的心又为之激昂起来，因为我们想，唐代张志和延续到宋代叶梦得，其遗踪也许就近在咫尺了。于是，我们又在绿荫遮日的小山坡上四处寻找，忘了疲劳，忘了饥渴，也不知为了什么？兴许我们几位，多么希望能呼吸一点当年诗人那飘逸高洁、醉心山水、读书不辍之风度！

遥想当年，在其最辉煌时期，那一片山林中的“净乐庵”“爱日轩”“跻云轩”“碧琳池”等非常秀丽的景色。这山冈上曾耸立着“岩居”“真意”“知止”等休闲亭阁。可见这里又凭借山水清丽、清风楼下、草木苍然，山泉潺潺，池水清澈，白鹭飞飞，曾吸引了无数文人墨客在此息影定居。我想，如从中国园林史的发展看，从唐代诗人张志和唱出“西塞山前白鹭飞，桃花流水鳜鱼肥”美丽诗句的地方，到宋代叶梦得建在卞山建园林藏十万卷书于山林，也算是一奇观。我们谈中国历史，常把唐宋联系在一起。

西塞山之名，张志和的歌，是一个朝代的特有的历史所造，中国地大物博，名为西塞山，同有白鹭飞的山林也有好几处，但有张志和发诗兴而写下千古绝唱的地方，只能在太湖之旁的山水之中。因为除了许多历史地理可证，如稍一查考，历史上的张志和，还有其兄张松龄《和答弟志和渔父歌》，诗中说：“太湖水，洞庭山，狂风浪起且须还。”唐朝诗人皮日休的《西塞山泊渔家》：“中妇桑村挑叶去，小儿沙市买蓑归。雨来莼菜流船滑，春后鲈鱼坠钓肥。西塞山前终日客，隔波相羡尽依依。”这太湖之水，其桑村、蓑衣、莼菜、鲈鱼等，只能是太湖旁的西塞山前能造就这段历史，造就这般的诗人、诗境、诗艺了。

（于2010年秋日）

颜真卿与韵海楼

几年前赴京参加学术会议，其间在一乡友家小晤，临走时他馈赠我一帧画像，神秘地对我悄声说："这是唐颜鲁公真卿像，许多人想觅而不能得，你拿去藏着吧！"于是，我一直把此像珍放好，并时常取出端详一番。

颜真卿（709—784）那帧像，生得仪容端庄、体态丰腴，满脸有一股威武肃穆之气，那秉性刚直之态，深藏于炯炯的眼神中。瞧他那神态，不能不令人想到他个人的生命遭遇、悲欢荣辱，总离不开国家与民族之命运。颜氏一生正逢安史之乱，饱尝山河破碎、离乱之苦，并屡遭妒恶，宦途几起几落，虽声名卓著，可在他凛然不凡的容光里，在他那眉间心上，隐约可窥到一层饮愤之尘布满他的脸上。

近日，在翻检整理旧书时，他那副尊容又跃入我眼帘，从而又使我想起和他那名字联系在一起的"韵海楼"。

记忆中的位于太湖之旁的韵海楼，宏敞又壮丽，朴素又雅洁。初识它时，正是70年代初，我走进了韵海楼。在那五开间的楼厅上，我流连忘返。在那楼厅小坐片刻，似乎有股书香向我袭来，是那部早已佚失的《韵海镜源》之书香耶？对着时空那么遥远的遗迹，我独坐幽静处，不时抬头眺望那一片片青瓦，那一堵堵粉墙。鸟瞰楼下景色一览无遗：亭阁、假山、水池，那铺满鹅卵石的小径绵延伸展，两旁那上千年的古朴女贞树、香樟树互相拥抱着，高耸入云，好似在亲吻那有书香的“韵海楼”。韵海楼的全景，即使在那斜晖脉脉之中，亦显出别具一格，韵味无穷。而在那“美感”“乐感”“光感”被禁锢的岁月里，独登上那一千二百年前始建的韵海楼，我被大唐时代那种特有的神韵、气韵所深深攫住，真使我一介书生望而生畏，滞而却步。

遥想唐大历七年（772）之际，颜真卿老先生长途跋涉到湖州任刺史时，已是六十三岁之花甲老翁。他虽历经“安史之乱”之颠沛，屡遭贬居远方之耻，但仍“老骥伏枥”，孜孜不倦招延江东名士学者萧存、陆士修、裴澄，并邀“茶圣”陆羽等十余人编纂《韵海镜源》一书，以完成他生平之志。当年，他老先生那蹒跚之足迹，日复一日地沿着那条青石板的小小巷陌橐橐行走……当他在撰稿编纂之余，也许时而要用他老花之眼去眺望离他很远的奔流不息的苕溪，也许还会去眺望那苍翠如画的道场山和杼山。这些景点均是当年大历才子生息之处。在那韵海楼上，他还会掏出怀揣的好友皎然赠他的美诗，不时诵记：

世学高南郡，身封盛鲁邦。
九流宗韵海，七字揖文江。
借赏云归堞，留欢月在窗。

不知名教乐，千载与谁双！

在那个老翁橐橐行走独往韵海楼的时光岁月里，就在颜老先生如孩童般摇头晃脑背诵美诗之时，是否有人还遥想起就是这老翁，不但是一位在“安史之乱”中能保一方平安的难得的“政才”呢？唐代诗人李白形容书生“万言不直一杯水”，这似乎在颜真卿先生身上找不到半点影子。

公元755年安禄山叛唐，自渔阳（今蓟州区附近）以十五万之众南下攻占洛阳，史称“渔阳鼙鼓动地来”之变，亦是白居易所哀诵的“六军不发无奈何，宛转蛾眉马前死”之非常时刻，恰恰是颜真卿第一个觉察了安禄山的叛乱之心，第一个把“安史之乱”的重要军事情报及时地“遣平原司兵李平间道奏之”（见《资治通鉴》）。而当时朝廷文官武将惊慌不已，唐玄宗感叹“二十四郡，曾无一人义士邪”那危急之时，却又是颜真卿第一位举兵阻击安禄山，这一连串的无私无畏之精神，使大唐皇上惊愕不已。玄宗对这一介书生，说出了自己的心里话：“朕不识颜真卿作何状，乃能如是！”唐明皇简直不敢相信，就那么个微不足道曾为安禄山所不屑一看的“以其书生，易之”的颜真卿，竟是第一个能承担起抵御惊动中国历史的“安史之乱”的前卫战士。

安史之乱，山河破碎，就在“六军不发无奈何”之际，唐玄宗让位于太子，肃宗嗣位于灵武。颜真卿历经了漫长的战争，那一场“安史之乱”总算平息。颜真卿为有功之臣，授宪部尚书，迁御史大夫。代宗朝，再迁官尚书右丞。广德二年（764），封上柱国鲁郡会，天下称颜鲁公是也。

颜真卿于大唐三朝之中立事，秉性刚直，正气凛然，小人畏忌，屡遭贬谪。今天，读他那出自肺腑之《守政帖》即可见一斑：

> 政可守，不可不守。吾去岁中，言事得罪，又不能逆道苟时，为千古罪人也。虽贬居远方，终身不耻，汝曹当须会吾之志，不可不守也。

今日再来读颜真卿之《守政帖》，字字珠玑，无不折射出他那刚直不阿之性格特征，无不显现他为政清廉之作风。他心中知道“言事得罪”，但“又不能逆道苟时”。他知道屡贬远方，但他又身感“终身不耻”。当然，颜真卿也毕竟是血肉之躯，在“政不可不守”之际，“汝曹当须会吾之志”，他多么需要得到别人对他的理解。

堂堂三朝元老就在他离开湖州刺史任上后，终遭朝官虞杞之嫉妒，时正逢李希烈叛乱，虞杞乘此机奏请皇上，遂遣颜真卿去做说客，不料李希烈威胁同谋，鲁公不屈，且骂奸不止，卒遇害于蔡州龙兴寺。

就这样，一代“儒将”，一代“政才”，又是万世名彪的大书法家，就此殉国丧身，他活了七十五岁。当时著有《吴兴集》十卷、《庐陵集》十卷、《临川集》十卷。但均已散佚（连同湖州编纂的《韵海镜源》一书），现已无存。

“文章千古事，得失寸心知。”颜真卿虽撰文已散佚，但他之各类碑帖、铭文墨宝，仍尚留人间。他的独具一格之颜体楷草墨宝，独具风韵。后人对他那高大浑厚、刚柔兼备，那不经意之洒脱，那倏肥忽瘦、倏巧忽拙的书法，其神韵万变，无不为后进书家树为楷模，并一代代延传万世。我默默思忖：颜真卿老先生在这个世界留下的一切，不论它价值如何评价，但最能永驻人间的是他那闪射光芒的人品，以及他那博大的胸怀。

应该说历史有缘，使颜真卿这个在中国历史上以天下为己任，挽狂澜于危难之中的国家栋梁之材到了江南这块历史地理上，可称谓吴根越角之地。（春秋时代，越王曾伐楚，楚人大败，越乘胜尽取吴故地，东至于浙江）

颜真卿曾在浙江湖州，留下了韵海楼，在那吴根越角之地的巷陌民间，留下了他老橐橐行走的点点足迹，而这一切在历史的空间，将永远不会磨灭。

（于1996年9月）

尊严的底线

——王老心事之心事

香港董桥兄写了《王老的心事》一文，他说："王世襄先生是个知足的人也是个不快乐的人。他的知足和不快乐我都见过。几十年前王老在香港外国记者俱乐部演讲明式家具和明清竹刻艺术，国语英语夹杂发言，微微尴尬的表情中朦胧的眼神和微笑的嘴角流露内心舒适的满足。"读此文后，我总想，王世襄在离世前的寂寥中，定在地找着一种归宿，那艺术与灵魂的双重归宿。他的所有著作以及他所留下的一切，在中国与世界上，绝不是一点微波细浪而已，他最大的遗产是人类工艺的生存与创新，以及他的博学、坚定和纯真的个性。他构建的大雅大俗的中国文化，是多么的灿烂、优美与质朴。董桥在文中还说："上世纪的艺坛前辈处世顶真，读书顶真，笔墨顶真，上承千年风雅的香火，下启一弯清流之韵致，21世纪打起百盏灯笼也寻不到他们的影子了！"

此话真是，如此的残灯绰影，今日确难寻觅，无不令人生出万绪百感。这倒使我想起王老生病而入住北京朝阳区中医院时，我去看他那天，他用吴语与我低声谈及，说尚有一件心事，总长期缠绕于心间，终未了结。当时，我未及细问，未能领略其意，但读了董文后，茅塞顿开，忽想起了王老几年前，曾用快件特地寄了我一本《缀英集——中央文史研究馆馆员诗选》，此书，厚重如汉砖。如今他老仙逝，留下了这一历史资料。那就是他老用颤抖的笔，写在这书上的自况。为防日后遗失，特录之如下：

“五十年代我在故宫博物院工作，‘三反运动’关在东岳庙，日夜逼供四个月。随即送公安局看守所，手铐脚镣十个月，并传染上肺结核。因查不出问题，公安局命取保释放，但无任何结论。同时收到文物局和故宫通知，已开除公职，可去劳动局登记，自谋出路。在家养病一年后，我被中国音乐研究所收容。一九五七年党号召帮助整风，我据实陈词，又被划为“右派”。一九六二年通知我摘帽并到文物系统工作。一九九四年退休，聘为中央文史馆馆员。二〇〇八年一月，中央文史馆编印文史馆馆员诗集。本人列入编委会，但因年老未参加工作。作者诗前均有小传。本人传中有数语可视为对我过去的结论。（用红笔画出的一行有半。）因本人过去遭受的不幸事件，远在半个多世纪之前。当年文物局、故宫、公安局的人员均已逝世，只好由直属国务院的中央文史馆来做结论了。王世襄，二〇〇八年七月。时年九十有四。”

王老特在这一页上，用红笔画出之处是：任文物博物馆研究所研究员。曾任第六、第七届全国政协委员。现任国家文物鉴定委员会委员。

王老为了证明自己是平反了，上述文字，特用镂空的一张纸，粘在523页上，此上有“王世襄小传”介绍。试想，他为立此存照，也真要花一番工夫。先要量好这本《缀英集——中央文史研究馆馆员诗选》版页空间，画好线后再镂空，如此才不会把小传遮住。

这说明到了九十四岁的王世襄，他一直未能找到一个机会，以还他一个公道。在没有上级部门乃或主管单位、领导可给他平反时，他唯一能说明问题的，只有这本有点权威的中央文史馆编的《缀英集》了。似乎这成了红头文件，尚可为凭。因为，对于历次运动之一的“三反”对王世襄之不平对待，始终不能释怀。我们可以说，从50年代到70年代，历次政治运动，王世襄全都碰上了。“三反”时，他被关了近一年，“反右”时，帽子也被戴上；至“文革”更是被抄家，全家被赶出了北京城，他与夫人袁荃猷都下干校，可谓样样不落。

但谈起反右，王世襄记起的只是跑到西山捉蝈蝈；说起“文革”则大柜当床，也笑笑。而回忆干校艰苦生活，也只记有大摆鳜鱼宴的愉快经历，那么多运动，给他的灾难，他未必看得很重。而唯有“三反”，在他却是锥心之痛。我能理解他的感受，说他落后，说他右派，说他反动，哪怕说他反革命，他并不特别往心里去。而唯有这“三反”，查的是贪污与盗窃，他却被囚入狱，虽然最后没有任何证据，但也没有正式结论，不明不白放出来后，故宫又让他自谋职业，好像坐实了似的。这涉及人格的品行和清白问题，是对一个人的无以复加的侮辱，对他而言，比那些政治帽子不知严重多少倍。这触犯了一个人的尊严，做人起码的底线——这就是王老的心事之心事——五十年一直在他心灵深处，解不开的情结。

但对于此事，五十多年过去了，王世襄去跟谁说呢？寻求法律，无人理他，找领导，也早换人了。上天无门入地没路。他于生命的最后时间，只能自己借助一本“文史馆员的诗集”来自我慰藉。虽王世襄老早离了人间，但至今恐怕历史还欠他一个公道。

（于2006年12月）

附录：庞虚斋藏画集胜·序／王世襄

我曾和我的忘年交、乡友张建智先生谈及，我是半个湖州乃或半个南浔人，杭州、湖州、南浔，都是我神往之地。在我儿童时代，曾随慈母两次到过湖州南浔小住，至今我还能以那里的乡音与人对话，那里的一草一木，一河一屋，时令我魂牵梦萦。我曾有诗曰：“儿时依母南浔住，到老乡音脱口流。处世虽惭违宅相，此身终半属湖州。”而南浔，近百年来非但经济发达，且又是全国藏书和收藏书画之地，备受世人瞩目。

今由上海远东出版社，用线装书重印吴兴南浔庞元济生前的一部重要藏画精品集，即珂罗版精印的《名笔集胜》，这确是一件令人欣喜之事。庞元济（一八六四——一九四九），字莱臣，号虚斋。他是南浔“四象”之一的庞家开创者庞云鏳次子，自幼嗜画，未及成年就倾资购置清乾隆时人手迹，又刻意临摹，颇得形似。他毕生从事实业和收藏两项事业，以实业的成功实现了收藏历代书画而著称，是我国近现代名噪一时的收藏家和鉴赏家，尤以收藏书画之富冠于江南。庞莱臣曾仿《江村销夏录》的体制，把自己的收藏编纂成目录，这就是《虚斋名画录》及《续录》。

庞氏之收藏对大多数人来说，还是难得一见。我与庞公一九四五年得曾相见，并观赏其所藏“四王”山水画轴。缘于一九二〇年“中国画学研究会”的成立，我之大舅金城，曾出任首任会长。一九二七年珂罗版画册《金拱北遗墨》出版之际，庞莱臣还曾专此作了长序。而我母亲金章（陶陶）也任该会画学“评议”，当年的评议包括陈师曾、陈汉第、贺良朴、萧谦中、徐宗浩、颜世清等画界名人。南浔庞氏收藏颇丰且精，他尽其毕生精力和财力，收藏和保护了我国许多绘画艺术珍品，是中国画界崇仰的人物，也早令我敬佩。

五册《名笔集胜》，共收有唐画一幅、宋画五幅、元画十三幅、明画二十九幅、清画三十二幅。其中王蒙《夏日山居》、戴进《蜀葵蛱蝶》等现藏北京故宫博物院，倪云林《渔庄秋霁图》、沈周《九月桃花》等现藏上海博物馆，宋徽宗《鸲鹆图》、夏圭《灞桥风雪图》等现藏南京博物院。惜尚有多种画卷，流入海外或毁于战火矣。《名笔集胜》与《庞虚名画录》比较，最大特色在于以画示人，详其纸绢、尺度、作者传略，均简要说明，并译成英文。

庞元济凡所收藏，虽有《虚斋名画录》及《续录》刊本流传，而真迹未尝影印。当年，在编者的商请下，庞元济不但慨然允可，出其珍秘，摄影制版，以珂罗版分期印行，更不惜物力财力，力求印刷精良，既为学者提供观摩之便，亦为赏鉴家作披览之参考，诚为艺林增一巨著于世。

《虚斋名画录》刊于宣统元年岁次已酉，即一九〇九年，距今已近百年。光阴荏苒，弹指一挥间，一个世纪过去了，而我庶近目睹了诸多中国文物的飘零聚散、兴毁哀衰，适逢步入年迈之时，再次看到我的乡前辈庞元济所收藏的许多名画，这无疑是我晚年的一件高兴事儿。杭州朱绍平先生能以多年之心力收之，虽然是珂罗版，也实属不易，而上海远东出版社独具慧眼，以《庞虚斋藏画集胜》重新刊出，这些为发扬我国传统文化之举，实让我感佩和祝贺，相信读者会自知其味，悟其精要，捧读珍爱。

朱绍平校注《庞虚斋藏画集胜》，上海远东出版社出版

（2008年6月27日）

百年女诗人的记忆

文汇报《笔会》4月11日刊出了陈学勇先生回应了我撰写的《读民国女诗人CF的〈浪花〉》一文。陈先生之文，不知怎的，触动了我脑中对那些女诗人的翩翩思绪。

其实，从百年新诗走过的历程看，我们无不经历了启蒙期、全盛期、蜕变期、今日新诗被边缘化的时期。但于百年新诗史中，女诗人们的诗，一如百年巨变中英武的女兵一样，一部现代诗歌史，是不能忘却她们的贡献、苦难和牺牲的。比如关露、陈敬容、梅娘等。20世纪30年代女性诗人之多、作品之多，确代表了女性于社会生活中崛起的一个象征。她们向往摆脱封建的羁绊、争取个性的解放，期盼理想中的民主与家庭中的自由平等。当时，大量女性诗人，写出了许多动人心魄的诗，之后又将诗结集出版，其数量远超现代文学发展史上的其他阶段。

在我几十年收集的现代女诗人的诗种便有：关萍的《寒迦》（上海广益书局，1930年）、冰痕的《苦诉》、虞琰的《湖风》（上海现代书局，1930年）、荪荃的《生命的火焰》（北平孤星社，1930年）、陆晶清的《低诉》（上海春潮书局，1930年）、竹茵的《未画完的女像》（上海开明书店，1931年）、冰心的《冰心诗集》

（北新书局，1932年）、卢葆华的《血泪》（自印，1932年）、芍印的《逝水集》（上海新民书局，1934年）、梅痕的《遗赠》（上海大达图书供应社，1935年）、曾平澜的《平澜诗集》（南宁三管图书局，1935年）、陶映霞的《筑地黄昏》（上海黎明书局，1936年）、关露的《太平洋上的歌声》（上海生活书店，1936年）、安娥的《高粱红了》（汉口上海杂志公司，1938年）、《燕赵儿女》（生活书店，1938年），等等。

近日，我为一些刊物，写了《冰心：〈繁星〉〈春水〉》《陈敬容：默默地，走过你窗前》《关露：春天里来百花香》《林徽因：你是人间四月天》《虞琰：需要这一个诗人》《CF：人生就是一朵浪花》等多个女诗人当年出版的诗集的书评。（注：有些女诗人诗评，已由复旦大学出版社编集为《绝版诗话》出版）

20世纪30年代，还出版了四部女性诗歌选集，它们分别为：《女朋友们的诗》（上海新时代书局，1932年）、《女作家诗歌选》（上海开华书局，1934年）、《暴风雨的一夕》（上海女子书店，1935年）、《现代女作家诗歌选》（上海仿古书店，1936年）。

她们的诗，对现在的读者来说，早已完全陌生甚或认为已经过时了。如1929年5月晨光报社编印的《寒流》，选有惜冰的《月夜箫声》《寻找我的心》《雪夜》，竹筠的《我们携手奔向智慧乐园》，沫星的《狂涛中的呼声》《旅心》，霜痕的《雪花》。1930年5月上海文艺小丛书社出版秋雪主编的《小诗选》，选有漪湖的《西湖我的姊姊》、寿常的《小诗》、均伟的《小诗》、CF的《春意》、玉影的《小诗》、李王淑兰的《春风》；1931年东华书局编印的

《全国女学生文艺》，便选有李蕙田的《恋歌二章》《思亲》，胡纯菊的《慈母》，忆痕的《月》《酸》，陈忠夔的《送春》，苏惜秋的《给：——》，尹丽娜的《听中秋箫鼓》《秋夜怀人》。1935年8月，上海经纬书局出版陈陟主编的《现代青年杰作文库》，选有白杨的《一朵半开的蔷薇》、青禽的《特啊！我想你》等等。今日，我们如从当年报刊上发表的诗及结集出版的诗集，到大量诗作里遴选出的女性诗歌选集，都可以看出女性诗歌创作，那是个多么繁荣的时代。

然而，女诗人的许多诗，以及她们的诗集，仍被人淡忘甚被边缘化状态，仍未受到文学界的关注。今我乘陈学勇先生之文以及我撰《民国女诗人CF的〈浪花〉》一文，借文汇报“笔会”一角，再呼吁一下。我想，在新诗发展了百年之际，让我们重读这些女性诗人们，在她们那个时代所发出的忧郁与快乐的诗歌，也算是我们纪念百年新诗，特别是女性诗人们所走过的那段曲折坎坷、充满着血与泪的不平凡的历史，也算是我们对前辈女诗人们的一个深深的纪念。

（于2017年1月）

莫言在讲着历史故事

——与莫言的一次邂逅

莫言是一位几十年在家乡土地上，虚构着一个个神秘故事的作家。他是一位智者，非常会讲故事。喜欢与大自然融合在一起。（马悦然语）在当代作家群中，一直以低调生活于“高密东北乡”，并写着这乡土喜怒哀乐的作家。

即便已获得2012年度诺贝尔文学奖，无论对朋友、乡邻、媒体，乃或对上对下，看得很淡，若有若无，仍一如既往、一以贯之的乡姿，看世上之物。媒体很难找到他。倒是书商在瞎忙，在叫卖着他的书。近来只觉得他只是自己写着自己熟知的生活。

我与莫言神交，那是读他的散文、读他的小说。而真正与莫言见面、初识，却是1995年12月15日。那是一次盛会：江南杂志社与南浔共同举办了“南浔杯”散文大奖赛。这次会上，老作家柯灵与夫人陈国容特地赶来，时任新闻出版总署副署长、著名散文作家梁衡来了，上海、浙江、北京等地许多作家、新闻界高朋、文人记者，都会聚到了江南名镇。

那晚看演出，我正好坐在梁衡、《江南》主编汪浙成等人的旁边，一起看戏、看歌唱表演，一边谈些文坛逸事，而旁边就有莫言先生。他似乎对南方戏不太感兴趣，当观众喝彩时，我斜瞧他，似无多大表情。颁奖大会上，颁奖领导、奖项得主，上来下去多有走动。那年已是八十六岁高龄的柯灵，独自一人，不需搀扶，上讲台致辞。而后，柯老靠一只助听器，静静地聆听别人发言。令人感动的是，直到颁奖结束，他始终站在台上。我与梁衡先生悄悄说："柯老真了不起，今天累坏了他啊！"梁先生也算是位高官，却很有同感，说道："有些提早退场者，似有点对不起柯老矣！"

此次大赛，获得一等奖的，有莫言的《望星空》、叶文玲的《心如苍空》。当时，莫言的长篇小说《丰乳肥臀》似未引起人们兴趣，倒是有许多评论者对他质疑。如当时的《读书》杂志，就有王干的《反文化的失败——莫言近期小说批判》一文，对《红高粱》《透明的红萝卜》持批评态度。（见《读书》1988年10月）所以，那天开发区特购了三千本《丰乳肥臀》，赠送各地来宾，请莫言当场签名。莫言为人随便，很高兴为参会者当场签他的书。

那日，会议结束，有机缘与莫言一起乘了一辆大巴车，返回原住宿处，他就立在我旁边。莫言身材粗壮，黑黄的脸色，厚厚翘起的嘴唇。那天，他穿了一件长长的军大衣，给我的印象似乎言语不多而有些木讷的感觉。他问起一些南浔古镇的历史掌故，而我从他脸上看出，对这个书香小镇，他很有好感。但他不多说话，包括当场记者的采访，简单回答几句了事。一起乘车，几位女记者、作家们嬉笑声不断，但他似乎在打盹儿，像一座佛在修炼，对外界的一切似乎与他不相干。我们虽交谈不多，但在不多的言语中，却让人感觉莫言不失山东人的爽朗与直率，以及那豪迈而又淡定的气质，也一如他的小说《透明的红萝卜》一样干净、单纯、浑朴。

读了莫言的一些书，我认为莫言的小说，是有点厚重感和爆发力的。改革开放三十年来，随着市场经济的多元转型，原颠倒的事物，慢慢变化过来。在这个过程中，许多作家都在用各种手法表现发生在眼前的变迁、历史文化的传承，以及价值观取向。而莫言的作品，正是用自己独特的视角，以山东高密乡这块土地为背景，来展现颇富抽象韵味又不失中国朴素的风格。目的只有一个，用他独具之笔，探索与阐明人与世界的一切。我想，莫言的小说，虽也是一个虚构中的小说世界，可却是非常写实地呈现出了人类生活中的悲喜交集，从中凝视了一个民族的时代命运。

“历史就是小说，小说就是历史，都是荒诞的，又都是真实的。真实在不断出现的幻影之中。幻变成真，真又生幻。这是人类社会学，也是文学。”也许，莫言的小说于后一代的人眼中就是历史，而在汉语圈外之人读了，在今日便是历史。因于此，他与日本著名作家村上春树，在今年诺贝尔文学奖的竞优中，略胜一筹。

当代文学，在经历了魔幻、抽象、超现实后，我想，最终还是要回归到写实主义的道路。其实，我们自“五四”后，许多优秀作家，一如鲁迅、叶圣陶、张天翼、沈从文、施蛰存等，已经在走着这样的路，可在这世纪中，是我们自己因受各种文学思潮之扭曲与影响，乃或在继承与超越中，遇到一点困难的境地，于是有些作家为走捷径，或自作聪明，取一点半生不熟的拿来主义，如后现代啊、超先锋乎，从而自觉或不自觉地中断了前辈们苦心积累的写实中早具现代主义的文学路径。

但莫言，却正是大智若愚般地继承与发扬了这条前人走过而被掩埋的道路。他敢于接过前人批判现实主义的接力棒，用了他天性拥有的禀赋，厚积的实力，稍用一点变化了现代手法，于恢宏的历史背景下，讲述出了反映人性的故事。他一如契诃夫的作品吗，不是，一如拉伯雷和斯威夫特的作品吗，我看也不是。他只是以他自己长期生活的土壤，写出了他的现实主义的美学观与文学的艺术手法，创作出了另一点人性而为世界公认的作品。

孔子曰："刚毅木讷近于仁。"直道而行则"刚毅"，我想，莫言几十年在这条道上没有在编造谎言、没有在制作春花秋月，更没有在戏说历史，没有讲假大空之虚话。他是用"木讷与刚毅"在默默耕耘，终走出了他自己的路。

（于2013年9月）

扫墓小记

——记1987年4月5日

整个早春均是阴雨连绵，春雨淅淅沥沥，总下个没完没了。快“清明”了，终盼望有个“好天”。如此才能在上坟的日子里，带着扫帚、香烛及纸钱去我外婆的墓上扫墓。

清明节前一天（四月四日）。天气突然放晴，我早早起来，在阳台上眺望，已是青山绿水，日暖风和，我大口吮吸了清新而又甜滋滋的春日的空气，舒爽极了。

想今年清明节，定是个好天了，明日我将和母亲一块儿去外婆的坟上扫墓，这是两年来的夙愿。清明前一天晚上，我特地乘车离开了自己的小家（离老家有四十公里）。那晚上，我已睡在老家的小屋里了，因为明天一大早，我们要去外婆的墓茔。记得那晚，我和母亲谈得很晚，谈了许许多多已经逝去的“家事”，当然还谈起了我心中最爱的外婆。

那晚，我在梦中又见到了外婆。她的矮小的身材，和蔼可亲的脸，她的患有白内障的眼神，还有她的亲切的嘱咐……

最让我不能忘怀的是在那个特殊年代里，她老人家给我送吃的还加送了一件绒线衣服。特别是在那个传统的年夜，孤独一人的我，终于生病了，她老人家专门送药来医治我的肉身，同时也捎她老几句来温暖心怀的言语，慰藉我寂寞的心灵。春寒料峭时日，我在孤独的一间小地库里很冷，外婆得知后，即又把自己的棉被送来，不让我受冻。我外婆出身官宦之家，读了许多诗，她还懂中医，我小的时候她就教我背《药性赋》《汤头歌诀》，总之，小时候的一切知识来源于她。晚年，她不慎跌伤了腿，不能下床，我常吻着她的脸，总感一种磁石般的温馨。

外婆离世时，就落葬在我家一棵香樟树旁。我采摘了许多野花，堆成一堆香环，因这块小小的土地上，埋着一颗永生的怀着大家闺秀的人文之心。我牢牢记着她老人家。想起这一切我会情不自禁地落泪。想着想着，一晚未眠。

四月五日，一大清早，我和母亲就朝着外婆埋葬的墓地走去。

天有不测风云，一清早就下雨了。我和母亲拿了她预先折好的纸钱，撑着伞，在春的风雨中，往镇西头郊外墓地走去。

这是一个紧靠大运河的镇西郊野。这个我多么熟悉的乡野，那田埂小道，那葱绿郁郁的水稻田，那农村老屋，那竹排木船，那做了几十年邻居的农民乡亲……眼前看到的一切，似乎又使我回到了童年和少年的生活，都给了我青年一代很遥远而又深切的思绪。外婆晚年的影子，在今日的清明节随风而来。

在这些田圩小道上，我曾经走过千百遍，和弟弟们在这里度过了漫长的时光，少年……青春，似乎是从这些田野小道上流走的。

母亲开始烧纸钱了，我默默地伫立在外婆的坟头，虽下着滴点小雨，但纸钱依然烧得很旺。一缕一缕的白烟袅袅而上，我出神地望着轻烟。轻烟里，我似乎听到了外婆在世时，于平时目光中所流溢出对我们的真情挚意。尽管外婆已远离人世，和我们离得远远的，可我还是相信自己的直觉，那早逝去的、看到和听到的事，真犹如就在眼前。

那永远留存在记忆中的事，又呈现了，就像一缕缕、一丝丝永远扯不断的线……

（注：此文显然没有完成我心中所要写的外婆。但读者欲知我外婆的出身，受知识程度，可参阅已出版的《一代名师周其勋》，周其勋曾任中山大学外语系主任，和陈寅恪是好友。而周其勋便是我外婆的大弟也。）

（于1987年4月5日）

志在听琴心

苏东坡曾说：明窗净几，笔砚纸墨皆极精良，亦自人生一乐。而姜白石也曾说：喜自制曲……然后协以律。可以说前者是书画之乐，后者是心灵的音乐。其实这二者我都非常喜爱，作为一介书生，为陶冶心灵、洗涤尘埃，确是日常生活中不可或缺的东西。但如熊掌和鱼只能择其一，那我肯定更钟情于后者。

上月适逢画友苏其德先生自新加坡归来，由于大家忙于各人的事务，我们已多年未见过面。我问近日招商如何，可他却兴致勃勃地向我说起他在新加坡逢到一位儒商的故事。他说这位大商人一生除经营赚钱外，却对中国儒家文化有深入的研究，为保存、弘扬与传承中国古琴文化，他肯花钱，年复一年，穷毕生之心力，收藏了几百把中国的古琴。

“他叫简铭光……当我们走进他家，满壁生辉的全是各式各样、古色古香的古琴……”呵，听其德一番话，令我油然生出敬佩，因为我想，这样的商家心中想的已不是满腔的铜钱，而是文化，在他的商旅生涯中，以他的能力在推动经济与文化的交流外，另有一爱好就是每天离不了要听古琴所奏出的音乐。他已到了孔子所说的“子在齐闻乐，三月不知肉味”之境界。我虽未能与这位儒商谋面，但只记“铭光”两字，心中已铭记于他，并为这位先生深感荣光！而此刻的我，由于在心中已有了他的满室之古琴，那悠然的古乐正从新加坡向我心灵飘来，一如“秋声入耳，音韵凄凉”……

琴者，弹弦乐器。古代称琴、瑶琴，现代称古琴、七弦琴。《诗经》《左传》《国语》《吕氏春秋》等文献都有记载。东周各国乐官多精通琴艺，如楚国钟义、晋国师旷等。孔子琴艺娴熟，他教授的“六艺”中，即有弹琴诵诗的内容。汉魏以来的司马相如、蔡邕、嵇康都以弹琴著称。唐代的李白、韩愈、白居易、张祜等诗人，为弹琴写下了不朽的诗句。

“抚弦动操间，龙翔去无迹。仿佛有余音，萦回在天际。”古往今来，有《十面埋伏》的楚歌，有相传为嵇康于孤馆清夜所弹奏的《广陵散》等，均在人们心中留下了不可磨灭的音乐记忆。而由古琴所弹奏的乐曲流传至今，当首推广陵派的《听“龙翔”》一诗，曲情最切，如松间之细流，犹江海之平流……啊，那绕梁

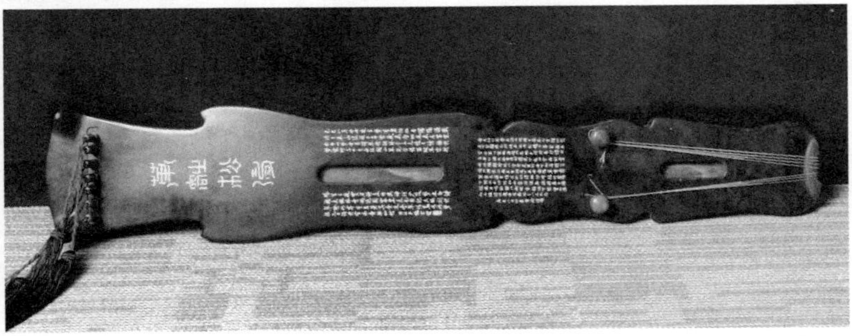

松风古琴

之余音还真仿佛从其德友人对我说的那番长长的话语中，久久在我耳畔及心灵萦绕不已。

历史上宋徽宗赵佶热爱琴艺，曾广搜天下名琴藏于特设的“万琴堂”。但历史无情，之后“万琴堂”也随国破而毁于一旦，而许多古琴终离了主人而流入民间。南宋末年以来，随着古琴演奏艺术的发展，由于演奏风格、师承渊源、所据传谱的不同，形成了众多的琴派，各有卓越的琴家和琴曲流传于世。著名琴派有浙派、虞山派、广陵派等。真是说来有缘，那新加坡儒商简铭光先生家中所藏的一把他最心爱的古琴，恰好出自吴兴而流入新加坡。据这把琴的藏主简铭光先生所说，此琴之来历直可追溯至宋徽宗赵佶所藏，后经南宋从杭州几经周折流入了吴兴周梦坡家所藏。郑孝胥于丙辰年（1916）还为此琴专门题了词。

说起吴兴周梦坡，他是个有名的收藏家，而且还是个非常认真、考究的收家。郑逸梅先生在《清娱漫笔》中曾说到他：“别开生面的要算周梦坡，他的讣闻一份装成四册，外用布套，一切书写都是当代名人手笔……把他生前收藏的东西也制版刊行，实在太考究了。”而吴兴周梦坡收藏之古琴是如何流入了新加坡简氏家中，这就是个谜了。不过我们今日从新加坡儒商家中所见得的这把名为“松风”的古琴，至今保存完好，应说是件幸事，至少已有近千年，也许更长。稍做推考，如真要追溯吴兴周梦坡之前的藏家是谁，据我想应属南宋周密或叶梦得这两位官宦人家之后代。因这两位南宋官宦带族人曾在湖州长期息影定居。而他们之后代也最容易和周梦坡先生来往，时至今日，细细思量，是幸耶，悲耶？暂且不论，此国宝级古琴终究尚在人间，而且是在那么一次偶然之机遇为我的画友所发现，真可谓“志在流水听琴心”啊！

当我在写毕此文时，那从天目山而流出的苕水，正奔流不息融入太湖而后流向黄浦江，而旁有仁皇山之松风也正从我耳际拂来，此时也仿佛和新加坡那把“松风古琴”的余音共同萦回在天际！

（于2008年5月）

文与画

临近佳节，诗、词、书、画之同好者，欢叙一堂。一些书画者，兴会之余，就互相合作、当场作画。先由前辈画花配绿叶，后有一老者画石，再由一位老太画梅，然后再有一位小字辈书画家画竹、圈月。当画毕挂上，我细细品味再三，虽题书为“花好月圆”，但似乎总感缺少点什么似的，是神韵，抑或是其他什么？真有点儿说不清楚。

那晚，佳节聚会后走回家，似闲庭信步，边走边想着那些画，忽地想起：那些画虽画得不凡，画师出手亦娴熟、精巧，但仔细推敲，似缺少了一个最值得人玩味的“文”字也。

中国画，之所以区别于西洋画，能经久不衰，乃是因有“文”的内涵，如说失去其本色，丢弃了神韵，就所剩无几了。如今，认为中国画好学，展纸提笔堆上几块色彩，缺章法缺理路，兴而画来，一经装裱，挂上厅堂，就自我感觉特别好。到处是书家，画家，遍地是书画展，岂不知中国书画，恰恰在功夫外的一个“文”字上下功夫。明人董其昌所说中国画要有“士气”，这“士气”便是“文人”历经千年修行的结晶，它是“诗”，它是“文人姿质”的正气和韵味，这绝对不是一二年抑或七八年可以修炼的

“功夫”。

中国文学史上，讲王维一定会讲到他的“诗中有画”，而他的“画中有诗”是属于“形”外意境。他曾自负地说：“宿世谬词客，前身应画师”，他之文人画，是建筑在他全面的艺术修养上的。你随便取他一首什么诗，便是一幅看似平常的画。试读他的《辛夷坞》：“木末芙蓉花，山中发红萼。涧户寂无人，纷纷开且落。”这便是画。从意境，色彩，动态，静态，生趣盎然，鲜洁明丽。再任意挑王维的两首小诗读之：“轻阴阁小雨，深院昼慵开。坐看苍苔色，欲上人衣来。”（《书事》）另一首：“荆溪白石出，天寒红叶稀。山路元无雨，空翠湿人衣。”（《山中》）你看，在蒙蒙细雨中，那碧苔和湿润的青山，在诗人王维心中不就是一幅最好的中国画吗？幻觉中翠色欲滴，仿佛荡漾开来，在心中就有了美的色彩。有了这般的心灵内涵，他笔下的画当然好矣。

文人画不如一般画家那样规范，整规，但却因浸润了“文”，就有个性，有空灵，有深藏的一种情味。而时下的所谓，书、画展品，恰恰缺少了这种“文”的内涵，使书画苍白，缺少气韵，少了人文理念，少沉少逸，少豪少秀，岂能画好呢？

开中国画一代画风的赵孟頫，他所画的《秀石疏林图卷》，曾有诗云：“石如飞白木如籀，写竹还应八分通；若也有人能会此，须知书画本来同。”赵孟頫先生对文人画的阐释，是多么意蕴深长。从今天众多的书画展上，我们很少能领略到诗、画与诗、印俱全俱美的中国画了。

郑板桥在《再题画竹》一文中说：“晨起看竹，烟光日影露气，皆浮动于疏枝密叶之间，胸中勃勃遂有画意，其实胸中之竹，并不是眼中之竹也。”这也就是说中国画文人画，不好学文难通画理也。所以，郑板桥有说：“趣在法外者化机也。”

对文与画之美等，我在本书中已写了庞元济、张英玉、吴藕汀等，故于此不赘。（如有读者喜欢文与画的话，还可参阅拙著《王世襄传》和《一门风雅——王世襄家族的艺术世界》。）

（于2015年3月）

卷四　编辑小札

小引

由红学大家冯其庸先生之鼓励，认为应在俞平伯先生家乡德清建一故居，办一份谈“红”杂志。后当地政府重视，俞平伯故居耸立，而杂志亦办。一次讨论会上，我想起一名为《问红》，其意自新，大家点赞。于是，在俞平伯一百一十周年诞辰之际创刊，此刊雅致，投稿者夥矣，名家稿纷入，全国有了影响。我作为执行主编，每期写一卷首语，也就是编完一期后，写点个人感想之类，字数不能越一页，点到为止。现经选择，发表九记，其意自见，以飨读者。

《问红》春夏秋冬卷

《问红》历年出版部分刊影

进退之际

时间过得真快，《问红》又和读者见面了。在俞平伯先生一百一十周年诞辰时，曾办了创刊号，当时冯其庸先生寄予很大的厚望，并为我们书写了题签，他想把德清建构成一个“红学之乡”。因这块土地上曾出了戚廖生、俞樾、俞平伯这样的红学大家，再加上这里文脉深渊，为此，他把自己收藏多年的俞平伯的一个墨宝，并加上自己亲用朱评的法书，无私赠予德清博物馆。《问红》创刊号发行后，获得了全国读书界的好评。若按冯先生的期望，如坚持办下去，至今可成刊二十到三十期了。但是，由于经费和各种因素，未能实现其夙愿，深为遗憾。

但退而思之，若仔细想来，这经历的曲折，也是好事。虽不免有点阿Q想法，但是，只要看这几年，低劣文化的泛滥，便是一反证了。我想，文化产品是不可能“跨越式”和“猛增长”不求质量地发展的。所以，转思一想，推迟了五年，不见得就是件坏事。只要我们现在继续办下去，并以质取胜的话，还是会获得广大读者的喜爱和书界的好评。现几经周折，《问红》又和大家见面了，且是作为融合传统与现代、丰富藏书、耕耘风雅、播种斯文的图书馆的馆刊，有了这样的基础，我们又可以沿着前路，办下去了。

这期的《问红》，一如既往地得到国内专家学者的大力支持，如著名历史学家、已是九十高龄的章开沅先生，首先为此刊赐稿，紧接着资中筠、邵燕祥、葛剑雄等大家，还有许多著名作家、年轻教授、书友、藏书家们，纷纷为此撰稿，虽不一一举名了，但在此表示诚挚的感谢！相信读者慧眼识荆，一读这些作品就能知道文稿之优质。

今年，又正是乡贤俞平伯先生一百一十五周年诞辰，《问红》的出刊，也是为纪念这样的红学大家。而且，我们现在正处于“行山阴道上，千岩竞秀，万壑争流，令人应接不暇”之社会文化的转型期，能借此刊与书友、学界做有益的交流，并致诸广大读者，这可以说是我们办刊愿望。如若能在各界人士之支持下，办出特色与品牌，那就是我们的幸运。

愿这册《问红》伴广大读者，度过无数个日日夜夜。

（于2015年3月）

为者常成

《晏子春秋》上说："为者常成，行者常至。"这对子，我喜欢。现把它改两个字，借来一用即"作者常成，读者常至。"试想，现代图书之作用，是需要这样一番情景的。作者写成了好书，读者常能读到新书。陶行知先生，是这样身体力行的。三联书店的成功，即生活·读书·新知，是践行了这样的理念。一部《红楼梦》，不知有千亿百万的读者，就因为有了一位曹雪芹这样的作者。于此，又令人想起许多其他的对联。例如：种瓜得瓜，种豆得豆。跟好学好，跟衰学衰。近朱者赤，近墨者黑。佐饔得尝，佐斗得伤。圆不中规，方不中矩。柔而能刚，弱而能强……

总之，一个人从小到大，甚或到老，读书是少不了的日常，讲得小一点，读书使你成才、使你文明，使你事业有成。如若再扩大而言，为了中华民族、大地江山，为了实现你的人生之梦，读书，何不是最基本的事。至于如何读得好书，那就各有机缘，天赋、条件之不同。但有"三心"在，就是成功的一半，第一是信心，第二是用心，再则是恒心。这三心中，恒心最难。你若坚持半年一年不难，但要数十年如一日，不易也。

别的不说，就说金庸在《明报》上写武侠小说，每晚一篇，能坚持数十年，他写时评也如此。每天深夜，报社有专人等着他写完，然后排版，明日见报，不能脱节，否则报纸开天窗怎办？董桥也如此，他的专栏写了几十年，直到去年才搁笔。不容易，这便是恒心。故时想起郑板桥的话："总是读书要有特识。依样葫芦，无有是处。而特识亦不外乎至情至理。歪扭乱窜，无有是处。"这几句有关读书的话，是有独到见解的。

那日，《问红》首发式上，有读者发言谈到，此杂志不错，但能否坚持办下去？这便是挑战"恒心"两字。这不能不使我油然想起，张静江故居中的一副对联："世上几百年旧家无非积德，天下第一件好事还是读书。"做一件好事、传承人类的一种精神，需几百年，多难啊！谁叫我们是炎黄、仓颉的子孙呢。

我们现代人，坚持一事，恒心几年，也难。那是我们浮躁之心所使。故去除心中的浮躁，获得恬淡宁静的读书心境，对于当前的我们，是多么迫切。也许，今天的少男少女们，大概是不喜欢《红楼梦》中的凤姐，她不太识字，在大观园诗社里，只能粗粗地作一句"一夜北风紧"的诗。

今晚，编完这期《问红》，已是"花谢花飞花满天，柳丝榆英自芳菲"的初夏，石榴花红，已在大家的面前朵朵绽放。我家窗台上的那棵玫瑰，也绽放出红紫的小花。记得上星期到南京参加一个编书会议，下午去东南大学，一棵六朝古松，令人惊奇，它顽强地撑在空中，已一千多年。无不深深激荡着每个行人之心灵。这段时期，气候忽冷忽热，处转型的季节里。无人有天力，可以改变矣。

最后，话归这期《问红》，其内容依然有看点，有评论，有大家回忆之老辣文笔，有历史视点，有脂评小说，有随笔，日记等等。这些作品，具立体式多视角文风，有蹊径独辟的文字，有描述的蕴藉，意境之隽永，想读者定会喜读。但总感歉疚的是，来稿多，版面有限，只要是好稿，我们慢慢总会刊出。

书香濡染，莫负柳绿花红时节。希望更多的读者，心怀夏天爽朗思绪，去看这期《问红》的文章！

（于2015年7月）

悲哀在里

秋凉已临，始编这期秋季卷，作者赐稿不断。有南京、上海、北京、武汉、厦门，也有本地作者。这说明读者喜读乃关爱着我们的《问红》，在此，只能说声道谢，应编出“好稿”，答谢读者，不致使他们失望。

每次编辑来稿时，虽没像某些名编那样，点燃一支烟，悠悠然地吸上一口，然后埋头于文字。可编这期时，不知怎的，有两件事，总在心头拂之不去，一是想起那年参观东京几大图书馆的情景，如东大图书馆、静嘉堂文库、早稻田大学图书馆等。似看到了图书馆精魂所在，也看到了那些人、那些书的命运，窥测了人类在关心人文精神时，那种不屈不挠的精神。鉴此，我想，正是图书馆所藏的伟大精魂，永远传承的神圣使命，在影响着一代代人，走向现代意识。

另一事，是蒋勋的身影，总在我面前晃动着，他那如磁铁般讲《红楼梦》的动听声音，时在我耳边响着，那么引人入胜。他说红楼的每一个细节，渐行渐远地在我心中行走。

他讲的红楼，着意在大观园里的青春王国，在这王国里，若用余英时先生的话说，是一个“理想世界”的天国，住着一群快乐的天使，如宝玉、黛玉、宝钗、探春、惜春、妙玉……他们在这泉水溪流，台榭亭阁，风景怡人的青春王国里，赏景、作诗、葬花、戏玩、品茗、看戏、听歌，可谓是“怡红快绿，春恨秋悲”（蔡元培语）。

蒋勋讲读红楼，除用了青春视角，还回归小说文本，专注于红楼小说立意的挖掘。他不谈烦琐版本，不提各种捕风捉影的探佚，也不引用脂批索引，只是感受红楼最真实的文字魅力。所以，引起读书界的轰动效应，读者不妨一听。

这让我想起，曾给红学界刮来一股清新之风的刘再复的《红楼梦悟》。

刘曾说：“《红楼梦》的确是曹雪芹阅历感悟人生的结果，这部伟大著作不是‘做’出来的，而是悟出来的。……既然是部悟书，那么，光靠头脑去分析就不够了，恐怕还得用心灵去领悟，即以心传心，以悟读悟。”

我想，蒋勋应该会同意刘再复的观点，尽管在整部细读红楼中，蒋勋没有评论过任何一位红学家，但他们以心悟红楼的精神，想是灵犀相通的。只是刘再复是以哲学思想来解读，他所悟的红楼，是最本质的精神世界。中国红学史上，王国维是探索红楼哲学精神的第一人。而蒋勋在连接那个精神世界时，又会流连于外，接近迤逦奇幻的物化世界。所以，蒋勋的红楼听来亲切温馨，而刘再复的悟红楼，读来则痛切警惊。

但是，那大观园里的青春世界，终究被残酷的现实世界所毁，一如鲁迅所言：“但仍有悲哀在里面。”他说：“悲剧将人生的有价值的东西毁灭给人看，喜剧将那无价值的撕破给人看。”一部红楼的世界，大概便是如此。

至于那些人，毁灭着这个青春王国，就不用我说了。但红楼可让人永远读下去，正如清末国学大师王国维曾言：“凡一代有一代之文学，楚之骚、汉之赋、六代之骈语、唐之诗、宋之词、元之曲，皆所谓一代之文学，而后世莫能继焉者也。”

一个时代具有一个时代的文学，不同时代的文学作品，反映出不同的时代精神。有人说：“世界上如果有天堂，定然是图书馆的模样。”而红楼之梦，一部《石头记》，那里的理想世界，大多数人理解是在“大观园”里。这当然也对，但在我心底里，却应是生生不息地深藏在图书馆里。

（于2015年10月）

“真假”似云

著名红学家邓云乡先生，曾写一词，谱的是《水调歌头》，词曰：

> 三载月明夜，客里过中秋。新添华发双鬓，都是为红楼。记得黄山云海，多少锦城秀色，千古说悠悠。收拾荧屏上，滋味在心头。
>
> 访古郡，兴营造。拟公侯。荣宁府邸，深深庭院又勾留。宝黛痴情万种，阿凤繁华过眼，花落水东流。惜别情无限，“真假”似云浮。

邓云乡先生（1924—1999）作为电视剧《红楼梦》的民俗指导，参与整个拍摄过程。用去三年多时间，亲历甘苦，随剧组走南闯北。如上所说，甲子于黄山太平，乙丑于成都灌县，丙寅于正定古郡，客中三过中秋。数年间，完成了令千万观众兴奋不已的电视剧。他用小词抒发了爱红、为红、思红之情。

而后，他写下《红楼梦忆》一书，作为永远的留念。让我们今天的读者，始终在感受着红楼梦戏剧的艺术魅力。的确，电视连续剧《红楼梦》播映后，获广大观众的赞赏，令我深有感触的是，当年欲看红楼梦电影，真是一票难求，各电影院因同时放映，一天二十四小时，跑片不及。红楼梦的上映，似代表了一个时代的结束，迎来了改革开放的春天。无论从红学研究，从改革开放解放了生产力，抑或从电视艺术的成果来说，也成为了一个时代的转型。

今年，为纪念邓云乡先生的贡献，中华书局特地出版了《邓云乡集》（2015年），共计十七册，其中有一册《红楼梦导读》，此书让没读懂的人，读懂了《红楼梦》，让读不出红楼感觉的人，读出另一番的感觉。邓先生为我们讲述《红楼梦》宏博的内涵，伟大的艺术成就，引领人们去感受这部百科全书。而邓先生的文字，通俗平易，雅俗共赏，让读者对中华文化有更深切的理解。

我与邓先生有机会结缘，仿佛是因有了德清赵孟頫留下的别业的莲花庄，有了陆心源的潜园，才有机会与邓云乡先生亲晤共叙、开怀畅谈。邓先生曾有《潜园怀古》一文，他说："我站在湖州潜园门口发思古之幽情，拍了一张照片，归来翻阅《艺风堂友朋书札》。"和邓先生结缘于此，近二十多年了，仿佛就在那昨天。

一次畅叙中，才知邓先生之亡妻蔡时言，是湖州德清武康上柏人。于此，邓先生也算是乡前辈了。而后，我查《德清城关蔡氏宗谱》，上有《德清蔡氏谱系述略》所云："河南始祖开支蔡氏通谱世系以蔡淑、蔡泽（秦昭王丞相）为一世，至二十一世蔡源，于宋建炎初（1127），随从宋高宗南迁，自汴梁入吴越，居于钱塘。"

“蔡源，字济夫，号世洪。宋崇宁二年（1103）进士，仕秘书郎，源生三子：长子维孟，后奉母赵夫人移居苏州西洞庭山，次子继孟徙湖州乌程，三子承孟迁德清。”可见邓先生夫人蔡氏，原是德清望族人家。

如今，邓先生已逝十六年了，阅他的遗作，特别翻他赠我之书，如《水流云在杂稿》《文化古城旧事》《增补燕京乡土记》《春雨青灯漫录》等。每读《水流云在杂稿》，书中那真挚、浓厚的情调，特令人喜爱、耐读。邓老还为我书写一墨宝，名为“得晚晴好”。法书灵动飘逸，令我神往。还专为拙著《易经与经营之道》写过一篇很中肯的书评刊于《新民晚报》上。

啊，如今斯人已去，想起他曾与我说的，一生忙碌坎坷之身世，再抚摸着近日出版的十七册文集，悲喜交集，令人更遥念起这位红学大家。

（于2015年12月28日晚灯下）

绛洞花主

鲁迅在1926年到厦门大学不长的时光里，却留下了关于《红楼梦》非常重要的文章。那时，厦门大学有个年轻人，仅二十三岁，他因对这部中国小说的无比热爱，特地抽出时间，把《红楼梦》改编成一个剧本，叫作《绛洞花主》。这个年轻的学生叫陈梦韶。也就在鲁迅1927年初，快要离开厦门时，他特请鲁迅先生阅读，还请先生写了一个《绛洞花主·小引》。于此，凡涉及鲁迅论古典名著《红楼梦》，必引用《绛洞花主·小引》一文。但如今已过去了近九十年，很多读红楼的人，对《绛洞花主》这个话剧，却鲜为人知，不为世人所闻。

《绛洞花主》，是陈梦韶根据小说《红楼梦》改编的剧本，共十五幕。

《绛洞花主》作为文化遗产，在鲁迅研究和红学研究方面，均有宝贵的价值。红学思想是鲁迅文艺观的一个组成部分。《绛洞花主·小引》实乃研究鲁迅红学观的珍贵史料。鲁迅当年看过《绛洞花主》后，在所撰的《小引》中，评价《红楼梦》曾说："百余回的一部大书，一览可尽，而神情依然具在。"

鲁迅眼下《红楼梦》的神情是什么呢？剧本《绛洞花主》原

著是鲁迅撰写《小引》评论《红楼梦》的依据。谜底就在《绛洞花主》话剧本中。《绛洞花主·小引》告诉读者、学者们一个重要信息：看了《绛洞花主》全剧，则可览尽《红楼梦》的神情。如今，我们重读鲁迅的话，还是个比较全面的评价。他说："因读者的眼光而有种种：经学家看见《易》，道学家看见淫，才子看见缠绵，革命家看见排满，流言家看见宫闱秘事……"又说："在我的眼下的宝玉，却看见他看见许多死亡；证成多所爱者，当大苦恼……即使出于续作，想来未必与作者本意大相悬殊。惟被了大红猩猩毡斗篷来拜他的父亲，却令人觉得诧异。"

如今，鲁迅为《绛洞花主》写的序言手稿，还在厦门大学鲁迅纪念馆，在此提醒一下，如若喜欢红楼梦的读者，不妨去一看，以让实物有证鲁迅对红楼的真切看法。

（于2016年4月1日）

教育一角

国家治理体系，是一个系统工程，而在这中华民族的复兴之路上，我们最缺的应是人才，而人才的来源是教育。我们从今年的高考看，全国各行各业，均自觉投入为考生的服务，且出台了关于高考的法规，以此可窥一斑。当你打开网络，即有一行字幕："今天是高考日，祝你加油！"的确，对于个人来说，高考是青春时期的一场重头戏；它既是一次对学业的考核，又是一个情感上的节点，青春仿佛在高考之后，有了它崭新的意义。

英国天体物理学家霍金，也在今天发微博，给学生加油，似给学生提前出了一道英语题。如今，九百四十万高考大军，正在考场里悄声战斗。今年的高考日，还与"端午节亲密接触"，龙舟万竞，这犹如是高考日与宇宙天体的一回巧遇；这一切，值得我们为未来的国家人才祝贺！

这情景，倒使我想起冯其庸先生有一篇文章——《〈红楼梦〉与教育》。冯先生说："《红楼梦》里没有专门谈教育问题，但是作为社会生活的一面镜子，当时教育的一角，作者是反映的。"那么在红楼梦中，所涉教育的回目，究是哪些呢？应该说在第九回中，便有红楼梦教育的一角。还有就是第三十三回，贾政对儿子的粗暴的教育。再有反映大观园里自娱式的教育，例如第三十七的“秋爽斋偶结海棠社”、第三十八回的“林潇湘魁夺菊花诗”，第五十回的“芦雪广争联即景诗”、第七十回的“林黛玉重建桃花社，史湘云偶填柳絮词”等等。

中国古代的教育，如若从孔子的重教，回忆起来，那就更是一个有着几千年文明与教育，那么广阔的大背景。再若从中外文化史上，若稍做对比：孔子与苏格拉底，孟子与卢梭，荀子与柏拉图，韩非与马基亚维利，在某种意义上，他们无不于中西人类思想与文化史上，创造了经典，也成了今天大学教育的基础读本。

“大学之道，在明明德，在亲民，在止于至善。”（《大学》）我想，温故而知新，止于至善，是人类得于理解一个国家教育的价值所在，教育的好坏，从长远来看，亦是文明能得于传承，人文情怀得于深入每个人心灵的一个标杆。鉴此，我们当前的教育，是多么紧迫和重要。

这期的《问红》，当读者拿到手中展读时，全国各大学，已经陆续把一张张录取通知书送到学生手中。如有人问，现代教育的价值，究竟是什么？虽然，这期《问红》的作者，没有就此话题展开深谈，但可以说，这里边的每篇文章，均可链接到教育问题上来。

所谓“千里马常有，伯乐不常有”，而这期中的很多作者，就在他们一定的范围内，曾经当过伯乐。（恕我不再举例）但我相信读者，定会细细读出其中的奥义。若能这样，便是我们对教育，对阅读，一种最好的回报。

（于2016年6月7日晚听雨斋）

寻求智慧

度过了今年的中秋佳节，又很快度过了国庆节。前是家庭团聚的节日，遇到佳节良辰，思念倍加，唐代著名诗人王维就有“独在异乡为异客，每逢佳节倍思亲”的千古名句。而后者是我们伟大的中华人民共和国成立六十七周年的节日，天安门前的花香飘向祖国大地的每个角落，许多人都因此忙碌一番。我们可以看到，泱泱大国上的许多作家、学者、文人们会提起笔来，著书立说、写文描画。

上月去上海书展为两本拙作签售，人山人海，或许有不少好书、妙文、美画问世，向读者走来。为了这两个难得的家节和国节，我感觉在编辑这期《问红》时，特感到我们与作者是相向而行、不谋而合，因为秋天正是收获的季节，好稿妙文不断涌来，弄得我不知所措，因为有这有那的种种原因，套用一句话，真可是“忍将利剑斩美文”也。在这里只能向作者作揖歉意了。

这期稿件通读后，可谓琳琅满目，如书展上出现的《鲁迅全传苦魂三部曲》的作者张梦阳，从北京向我们投来节选稿，使我们更逼真投入鲁迅早年生活的怀抱。如慎志浩的《醒夫云龙》一文，其字里行间，充溢着历史的细节，更有分析这位外交家的评说文论。特别那“醒夫”两字，虽借用其号，如作者无长期思想积累，是不可得的，其意亦深，足为点睛之笔。章开沅先生的回忆录，我读之越来越精神起来。他老已九十，记忆、文笔两健，令人惊异，而那文中的细节，写来深入浅出，动人处不禁莞尔。当读资中筠父亲资耀华先生回忆录，有时已夜深人静，读着读着，已读了三遍。他文章不长，文字简洁亲切，但每一节中有故事，有人物对话，有意想不到的转折，更有出人意料的悬念，每两三千字回忆文，就像是令人在读一部小说，他里边出现的人物，我总会重上百度去查，这些民国人物，均是在当年时代星空中，熠熠闪光的重要历史人物。

冯其庸先生，是这些作者中最高寿的红学大师，年近九十四岁，还总细读《问红》，向我们送来自己研读红楼的妙诗，不能不令人敬佩。这期我们还请徐缉熙先生写《红楼梦漫话》，他老的文字与对红楼艺术上的研究，很细很精，颇值我们爱红者一读。这期因篇幅有限，只能先刊出一节，将为续刊。

徐雁，苏庄，韦泱，他们多年的读书、淘书、拍书，以及访人之日记体文章，读来饶有趣味，那每日的生活记载，都将成为今后的历史，是我们的后人研究这时代的真实记录。王充曾说：“知今不知古，谓之盲瞽。”的确，我们必应了解过去的历史，使我们心知肚明、心明眼亮。但知古不知今，会头脑昏涨，让后人不知今日是啥样，也愧对未来的历史。

“今人不见古时月，今月曾经照古人。”我们的人生有限，然因有限，我们应知古，但为了后人，更要知今。若此，在每日消失乃或被掩埋的真实历史，能留下来，并将传承下去，成为后人能看到我们今天经历的一切。所以，有人说“历史意识，是人类走出迷途与困境的明灯”，那明灯就在每个人的心中，即知古、知今、知昨天、知今日、懂未来。

我想，人类若此，我们将不负两千多年前，哲人柏拉图记录下的苏格拉底的箴言：“我们活一辈子，应尽力修养道德、寻求智慧，相信将来的收获是美好的。”

（于2016年10月8日晚）

雾霾重重

推窗远眺，尽是一片低垂的冬云，近日很多地方正雾霾重重，只待北风吹来，把雨意带来，以消些霾。当我关好窗，刚才还在看书，小小的书屋，骤然间变得昏暗，只有撂下书，静静地靠在椅上，见黄昏前的那一抹冬日朦胧的光，如一层帷幕，在窗前飘动。就在那似梦如幻的瞬间，便想起《红楼梦》的几回快乐时光：

原来是凤姐儿和鸳鸯都要听刘姥姥的笑话，故意都令说错，都罚了。至王夫人，鸳鸯代说了个，下便该刘姥姥。姥姥道："我们庄家人闲了，也常会几个人弄这个，但不如说的这么好听。少不得我也试一试。"众人都笑道："容易说的。你只管说，不相干。"鸳鸯笑道："左边'四四'是个人。"刘姥姥听了，想了半日，说道："是个庄家人罢。"众人哄堂笑了。贾母笑道："说的好，就是这样说。"刘姥姥也笑道："我们庄家人，不过是现成的本色，众位别笑。"鸳鸯道："中间'三四'绿配红。"刘姥姥道："大火烧了毛毛虫。"众人笑道："这是有的，还说你的本色。"鸳鸯道："右边'幺四'真好看。”刘姥姥道：“一个萝卜一头蒜。”众人又笑了。鸳鸯笑道：“凑成便是一枝花。”刘姥姥两只手比着，说道：“花儿落了结个大倭瓜。”众人大笑起来……

有人评红楼说，整部红楼第五回最重要，可也有人说第六回是关键。如若没有了刘姥姥的出场，整部红楼梦就无法写下去。因为，刘姥姥在这部大作中扮演了无可替代的作用，一个刘姥姥，成了《红楼梦》里一个鲜活的人物。有了刘姥姥的目不识丁、粗俗乡野，才显出十二钗的文雅端庄、才貌双全；有了刘姥姥的左右讨好，装疯卖傻，才显出王熙凤的精明强干；有了刘姥姥的洋相百出，才显出贾母仁义慈祥。这是对比法。文学艺术少了阴阳明暗，便黯然失色。

刘姥姥的一进、二进荣国府，从她的侧面所看、所感、所悟、所说、所论，立体地表现了贾府的繁盛、荣华。而全书的终结部分，第一百一十九回刘姥姥三进荣国府，大家族已面临败破人亡，一片萧瑟，万分凄凉。老祖宗贾母已死，凤姐病入膏肓，并把其独生女，托付给了刘姥姥。刘姥姥，贯穿始终的出现，引出许多故事，且上下呼应，成为《红楼梦》系统工程中不可替代的人物。

冬至，朦胧的黄昏，落到红楼说不尽的故事上面，仿佛它们在叙述我们自己的亲身所见所历。我甚或在想，也许读读《红楼梦》的第四十、四十一回，也许会消除近日一些雾霾天阴沉的心情。

至于这期《问红》冬季卷中的文章，我想其内容是很丰富的。

当然，对于这期所刊有关红楼之文，只能是各有各的看法。诚如资深红学家徐缉熙先生来信所云：“有些人热衷于‘发现’，一会儿发现箱子，一会儿发现裸葬，现在更发现红楼作者是冒辟疆。红学真要被引入迷途！”还有那戏说的红楼，好不热闹。

但是，我想，世上的事，凡有歧途，所幸总有正道与人心在，有些说文，随时间所移，便烟消云散，当不得真。这期《问红》因篇幅有限，有些文章，只能放在下期了，只要是好文章，我们总会记着它，务请万谅和理解。最后，恭贺大家新年快乐！

（2016年12月20日晚听雨斋）

想起陈登原

这些年，读了好几部有关中国的文化史，但当读陈登原先生的《中国文化史》时，应该说于我读书生涯中，读得最有味最认真的一部书。若有人翻翻里边的每一张书页，都有我随手批注，当读到某段落时，生发了一些联想，我即用笔在书边上，记下了些歪歪斜斜的感悟。当年读时，只感到作为“新世纪万有文库”之重印本，其里面的字太小，一部近六十万字的大书，印二册小三十二开本。想读此书的人均有同感。

陈登原（1900—1975），曾用名登元、伯瀛、伯因，出生于浙江余姚周巷镇（今属慈溪）。是现当代著名历史学家，与王国维、陈寅恪、钱穆等学术大家齐名，民国时即为近世史学宗师之一。读此文化史，明显可以感到与其他作者所撰的中国文化史不同，于此，足见陈先生治学，是以其深厚的文献学功底为基础，在广征博引、综合梳理中，显现深邃的见解，可谓树一代史家之风范。

当年，陈与其师柳诒徵的同名专著，被誉为“文化史双璧”，在国内外均有着广泛影响。先生还有一部大著《国史旧闻》，是三十九岁时开笔，直到六十岁后才出版问世。这部具有二百万字的巨著，可说是国内第一部笔记体的中国通史，更是蜚声海内外，深受学界推崇。当然，陈登原先生著作等身，还著有很多著作，如《古今典籍聚散考》，为我国第一部全面研究典籍聚散问题的专著，在陈氏以前还没人系统、全面探讨过这一问题。另，如《高中本国史》教材、《天一阁藏书考》等，均是先生另辟蹊径的大著。

对于这样一位难得之大师，在我读了他的《中国文化史》后，总觉得陈的每一部著作，都具有他直面世事，率真史评，可称得上“文章合为时而著，歌诗合为事而作”的治学作风。但我于1998年读陈著后，总感后世不能淡忘这样的史学前贤，我时感学界有一种作风不太好，即喜掩埋前人成果，以劣汰优，而一如陈登原这般的史学大家，后人应出版其全集闻世。但前几年，我获知于浙江古籍出版社任总编的文友，说此项国家出版工程已启动。一听此话，无不欣慰万分。因为，陈先生虽离家乡二十五年之久，广大读者是不会忘记他的作品的。

总算盼到了那一天，被列为“十二五”国家重点图书出版规划项目的《陈登原全集》，于2016年8月，终由浙江古籍出版社出版面世。这是我国文化界、学术界的一件大事。值得拍手称贺。如今，我也拿到了这部全集，此书装帧版式精美，字体也适中，翻阅也顺手得多。而交由浙江古籍社出版，真可谓“魂（书）归故里矣”，其学术最后归宿，最为妥帖，自然非他家乡不可。如若陈先生地下有知，一定会笑逐颜开。此亦是他《中国文化史》中所引一诗之象征，诗云：“春雨潇潇江上村，绿林豪客夜知闻；他时不用相回避，世上于今半是君。”

读史使人明智，陈登原先生的史学著作，颇值一读！

（于2017年4月晚）

后记

人生最快乐的事，是何？答案是可以有几百种。但我辈活至今日，拿一本好书，沏一口好茶，想应是最快乐的时光。美国旧金山城市之光书店，其书架上，有一句标语曰：“忘记世界，读书。”此语前一半，当今社会怕“难于上青天”，不易做到，后二字却天天在做，不做倒难。当然，欲忘记世界，必先忘记自己，把自心的各种欲望，排斥你的肉身之外。读书做学问，如古人所说，一要心虚，二要宁静。我想，所谓忘记世界，把书读到心底，便是如此的心情。

此书，便是读各类书之得。读时写时那瞬间，可能是忘记了世界的。书分四卷，一是《人物》，不分时间之远近，只写那些人和事的记录，算是另类的“散墨”，是另一番文化情怀的感想。二是《书话》，主要写在东京阅读中国之宝的宋版书的杂话。三是自己亲历的乃或地域文化的记忆。四是自己执编《问红》之拉杂小记。受王春瑜先生之邀不胜感激，他还在电话中给了个书名《西塞山前白鹭飞》。好啊，张志和的这首千古绝唱，那一个逃避世事不想入仕的漂泊者形象，难道他已成为一只白鹭，乃或于烟波里成了西寒山旁那庙中的老僧。诗人去了诗心还在。似俞平伯晚年那首诗："余情消似回潮水，老境清于退院僧。"此等造化我辈难于企及，但明知如此，张志和的词，那西塞山前，缘成此书，连他千多年前，在蓊郁山中的生活也向往矣。

第一次在北岳文艺出版社出书，其实我与"北岳"也神交多时，于网上我常看该社出书讯息，感觉他们出的新书不少，思维很前沿，书装亦好，令读书人甚喜。而我在北岳文艺出版社出第一本书，又幸运遇上韩玉峰编辑。韩编辑为人诚恳，孜孜不倦，花了不少时日，哪怕晚上已入深夜，还为书稿操心，我们还互相讨论其他课题。我们从未谋面，总想瞧瞧他的身影，故特地先发给他我在上海全国书展时做讲座时的现场照片。但他给我的一句话是："我作为一个编辑，应该这样做的！"我在那么多出版社，甚或域外，真还少遇上像他那样的编辑。他的认真细心，辛苦服务，犹如中原古老文化那样，一个厚道朴实者也。

本套丛书作者多是多年亦师亦友的关系，更平添了一层喜悦。至于拙集中之文，自当读者评说。

写于2017年6月18日

修订于2021年9月，且听雨斋